참좋은문학회 첫 번째 작품집

2호선을 타다

| 글 서금복 서정문 외

2호선 지하철로 바라보는 삶 이야기

초판 발행 2018년 10월 31일
지은이 서금복, 서정문 외
펴낸이 안창현 **펴낸곳** 코드미디어
북 디자인 Micky Ahn **교정 교열** 오재령

등록 2001년 3월 7일
등록번호 제 25100-2001-5호
주소 서울시 은평구 갈현로 318-1 1층
전화 02-6326-1402 **팩스** 02-388-1302
전자우편 codmedia@codmedia.com

ISBN 979-11-86104-99-6 03810

정가 12,000원

참좋은문학회 첫 번째 작품집

2호선을
타다

| 글 서금복 서정문 외

2호선 지하철로 바라보는 삶 이야기

여는 말

수필의 향기를 지하철에 입히다

　수필에 향기를 더하기 위해 함께한 사람들이 있습니다. 우리는 광진문화예술회관 수필반에서 만났지요. 처음엔 몇 안 됐지만, 이제는 많은 인원이 모여 수필의 꽃을 피워가고 있습니다.

　그 중 등단한 작가들이 모여 '참좋은문학회'라는 모임을 만들었습니다.

　모임을 만든 지 2년이 되는 올해, 책을 펴내기로 했습니다. 서울을 순환하면서 일터로 실어다 주고, 아름다운 사람들을 만나러 가는 데 가교 역할을 해 주는 2호선을 중심으로 글을 쓰기로 했지요. 이제 그 결실이 곧 나타납니다. 지하철 안에 수필의 향기가 가득해지기를 바라며, 이 글을 통해 지하철을 타고 다니는 사람들의 마음이 더 따스해지기를 소망합니다.

　이 책은 우리의 첫 동인지입니다. 앞으로도 수필을 통해 훈훈하고 아름다운 이야기들이 되살아나기를 기대합니다. 광진수필반을 이끌고 열정으로 지도해주는 서금복 선생님과 작품을 내준 회원들께 감사드립니다.

2018년 가을
참좋은문학회 회장 **서정문** 드림

Contents

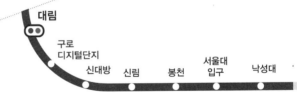

대림

구로
디지털단지

신대방   신림   봉천   서울대
입구   낙성대

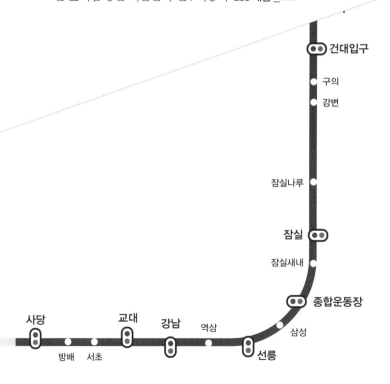

Contents

을지로
4가

충정로   시청

을지로
입구

을지로
3가

아현

이대

신촌

⦿⦿⦿ 홍대입구

합정

당산

영등포구청

문래

신도림

서금복

겁 없이 시작했다가 겁먹은 채 조심조심 수필을 쓰기 시작한 지 5년이 되었다. 먼저 시작했다는 이유로 나보다 선하고 겸손하고 아는 것이 많은 분들에게 '선생'이란 소리를 들을 때마다 덜컥 겁이 난다. 그래도 수필쓰기를 잘했다는 생각에는 변함이 없다. 이제야말로 수필과 참사랑을 본격적으로 할 것 같다.

서울 출생. 1997년 『문학공간』으로 수필, 2001년 〈한국아동문학연구〉로 동시, 2007년 〈시와시학〉으로 시 등단. 수필집 『옆집 아줌마가 작가래』 『지하철 거꾸로 타다』 동시집 『할머니가 웃으실 때』 『우리 동네에서는』 『파일 찾기』 펴냄. 중랑문학대상, 한국글사랑문학상, 한국아동문학회 오늘의 작가상, 제16회 우리나라 좋은 동시문학상 수상. 현재 〈중랑문인협회〉 회장, 전국어머니 편지쓰기모임인 〈편지마을〉 회장, 광진문화예술회관 수필창작반 강사. 이메일 : urisaijo@hanmail.net

곽영분

책을 읽는 일은 그 글을 쓴 작가가 여행하는 골목을 동행하는 것이라고 했다. 책장을 넘기다가 마음이 닿아 그곳에 밑줄을 그을 때, 이미 글에 스며든 감정으로 가슴이 뛴다. 생각이 전개되며 따스함으로 곁에 머무는 글이 나는 좋다. 가슴이 내어놓은 소소한 이야기이지만, 누군가는 시선이 닿아 동행해 주기를 바라는 마음으로 나 또한 나와 우리의 소박한 이야기를 쓴다.

충북 영동 출생. 2018년 『현대수필』로 등단. 2017년 (사)효세계화운동본부 효사랑 글짓기 공모전 우수상·2017년 중랑문협 사이버 중랑신춘문예 공모전 우수상. 2016년 동서문학상 맥심상. 2016년 〈서초문인협회〉 서초백일장 장려상 수상. 〈현대수필문인〉 회원. 이메일 : mydream200444@daum.net

김정순

수필 세상이 있다는 것조차 모르다가 뒤늦게 들어와 헤매고 있다. 쓰는 일을 통해 어린 시절의 나, 부모님, 친구, 시어머님을 다시 만나고 시간과 함께 속절없이 흘러가는 삶의 조각들을 건져 올린다. 다른 욕심은 없다. 한 번 더 되새기는 과정을 통해 나와 연을 맺은 사람들과 자연을 더 깊이 사랑할 수 있었으면 싶다.

전북 고창 출생. 2015년 『월간문학』으로 등단. 이메일 : soon550928@hanmail.net

김정자

좋은 세상 살아가면서 내 자신이 놓치고 살았던 기억들, 황당한 일, 감사한 일이 그림자처럼 따라다닌다. 세상과 소통하는 문명의 기기들 틈새에 숨어 있는 마음을 찾아 글을 쓰는 행복은 최고의 선택이었다. 내가 살아온 삶을 진솔하게 쓴다. '네가 열심히 살더니 늘그막이 좋구나'라는 말이 듣고 싶어서 열심히 노력하련다. 내 나라 갈 때까지.

전남 광주 출생. 2016년 계간지 『글의세계』로 등단. 가톨릭대학교 문화영성대학원 졸업. 학위논문 「교정사목과 프란치스코 성인」, 〈편지마을〉 주최 편지쓰기대회 우수상 수상. 서울교구 상담교육 3급자격, 중고등학교 집단상담, 교정사목 구치소 최고수로 봉사 활동. 이메일 : stella41@hanmail.net

김태식

머릿속에 머물던 여러 생각은 예술가들에 의해 갖가지 방법으로 세상에 태어난다. 그 중 작가는 글로써 자신의 감정을 풀어낸다. 때때로 좋아하는 꽃에 대해 이야기 하듯 호기심 많은 세상에 대해 글을 쓸 수 있다는 것이 내가 수필을 쓰는 이유인 것 같다. 나의 마음을 조용히 읽어내 남에게 전할 수 있는 따뜻한 행위. 글을 통해 자유롭게 세상을 넘나드는 일, 그것은 재미있고 의미 있는 일이다.

서울 출생. 2015년 『한국수필』로 등단. 현재 『한국수필』 운영이사. 이메일 : qualitychem@hanmail.net

박기수

지금도 내가 제대로 글을 쓰는 것이 맞는지 혼란스럽다. 담담하게 써보자던 초심을 잃지 않으려 하나, 불확실한 기억에 의존한 글들이 자칫 자신에게는 관대하고, 주위에는 엄격해 비판만 부각시키지 않는지 두렵다. 선배들도 다 거쳐 간 길이려니 생각하며 긴 호흡으로 정진코자 한다.

군산에서 태어나 주로 전주에서 크다. 2018년 『한국수필』로 등단. 2018년 사이버 중랑신춘문예 수필부문 우수상 수상. 이메일 : gui0804@hanmail.net

박희만

간혹 수필을 신변잡기라고 폄하하려는 사람이 있는 것 같다. 어떤 글이든 사람의 삶에 대한 이야기를 뺀 글이 얼마나 될까. 해학과 감동이 있어 많은 사람이 공감할 수 있으면 좋은 글이 아닐까 생각한다. 누가 무슨 말을 하든 그런 글을 쓰도록 노력할 것이다.

충북 보은 출생. 2016년 『한국수필』로 등단. 2015년 〈광진문인협회〉에서 주최한 신인문학상 대상. 2016년 〈한국수필가협회〉에서 「오정리 소」로 신인대상 수상. 2017년 수필집 『아내와 인디언』 펴냄. 1984년 금오주얼리를 창업하여 2011년 폐업할 때까지 귀금속 세공업에 종사함. 현재 〈광진문인협회〉 회원. 이메일 : phm2157@daum.net

배정숙

수필이란, 자신이 직·간접적으로 체험한 것을 바탕으로 삶에 대한 진정한 모습, 사회현상, 자연관찰, 자아 성찰 등을 진술하게 표현한 삶의 목소리이다. 일상생활의 감각에서 출발하여 삶의 보편적 진리에 도달할 수 있도록 인간적인 고뇌와 감정을 소박하게 나타낸다. 작가 나름대로의 혜안으로 본질을 찾고 논리적으로 형상화하되 현란한 수사를 피하고 인간적이며 따뜻한 향기가 있도록 쓴 글이다.

경북 성주군 출생. 2018년 『한국수필』로 등단. 서울 중등교원으로 36년간 근무하였음.
이메일 : maewon55@hanmail.net

서정문

참 특이한 이력이다. 군에서 오래 근무하면서도 글과 멀어지지 못했다. 어린 날부터 산문을 쓰면서 백일장에 자주 참가했다. 수필을 잘 써 보고 싶었으나 그게 그리 쉽게 이루어지지 않았다. 그래서 내친김에 등단이란 절차도 거쳐보았다. 수필이 그저 붓 가는 대로 그저 쓰여지는 것이 아님을 느끼고 있다. 그래서 함께 공부하고 같이 작품을 나누어 볼 수 있는 게 좋다. 글을 쓴다고 하면서도 제대로 된 글은 쓰지 못하고 있으니 스스로 안타깝다. 앞으로 더욱 분발하는 계기가 되었으면 좋겠다.

경북 안동 출생. 1990년 시, 2015년 『한국수필』로 수필 등단. 시집 『화랑대』『푸른날개』 펴냄. 육사 36기 졸업. 정치학박사. 이메일 : poet0725@hanmail.net

이난

글을 쓸 때마다 늘 마음이 무겁다. 잘 써야 한다는 부담과 내 글에 대한 책임감이 그 원인일 것이다. 수필은 대상에 대한 관찰을 함으로써 사람을 이해하고 생각해 보게 한다. 그래서 내게 수필이란 추억이자 그리움이고, 미성숙한 나 자신을 성숙하게 하는 힘이다.

서울 출생. 2017년 『한국수필』로 등단. 이메일 : skymaam@hanmail.net

이동석

출근할 때마다 마주치는 얼굴들이 많다. 건강을 지키려는 사람들이 각각 다른 모습으로 열심히 사는 모습이 아름답다. 내가 수필을 쓰지 않았더라면 놓쳤을 많은 풍경과 사람들. 친구들과의 이야기도 수필로 써놓으니 오래된 추억의 보따리를 영원히 간직할 수 있어서 좋은데, 이상하게 수필 쓰기가 점점 어려워진다. 하룻강아지 범 무서운 줄 몰랐다는 속담이 자꾸 떠오른다.

경기도 고양군 출생. 2016년 『한국수필』로 등단. 〈중랑문인협회〉 회원.
이메일 : dsl@daelim.co.kr

전해숙

내가 본래의 나와 마주하고 대화할 수 있는 곳. 그래서 나의 행동을 반성하고 바로 잡으며 인간으로서의 올바른 자세를 갖출 수 있어서 좋다. 나의 내면, 외면의 모든 것을 분출해 줄 수 있는 장. 내 모습을 숨기고서는 절대로 써질 수 없는 글이 수필이라고 생각한다.

강원도 인제 출생. 2016년 『한국수필』로 등단. 2015년 〈광진문인협회〉 신인 공모전 구청장상, 2016년 10월 이지웰 가족복지재단 가족사랑 공모전 장려상 수상. 이메일 : helen2159@hanmail.net

한미정

글을 쓴다는 것은 행복한 일에 속한다. 글을 통해서 자신과 깊은 대화를 나눌 수 있고 나의 주변 사람들을 천천히 둘러볼 수도 있다. 좁았던 마음의 시야를 넓혀서 타인과 긍정적인 관계로 소통하며 살려고 힘쓰게 된다. 여러 장르 중에 수필은 글 한 편을 마무리 지을 때마다 뒤돌아 본 나의 모습에서 삶의 뉘우침을 가슴으로 얻게 된다. 글 솜씨가 부족하니 남의 평가보다는 스스로 한 걸음씩 나아지는 것에 위안을 삼는다. 세상은 우리가 늘 타는 지하철 2호선처럼 돌고 도는 것이라 한다. 순리대로 잘 흐르다가 막히기도 할 것이고, 한순간 멈추었다가 다시 힘차게 도는 바람개비처럼 그렇게 말이다.

서울 출생. 2017년 『한국수필』로 등단. 2016년 13회 동서문학상 수필 맥심상, 2016년 〈광진문인협회〉 수필 신인상 수상. 이메일 : hanmi33384@naver.com

타는 곳 Tracks
乘车 のりば

↙↴ ② 왕십리 Wangsimni
성수 Seongsu
건대입구 Konkuk Univ.
잠실 Jamsil

방화 Banghwa
김포공항 Gimpo Int'l Airport
상일동 Sangil-dong
마천 Macheon
⑤

Notice of Closing of Subway Line 5
Transfer Passageway   5호선 환승통로

참좋은문학회 첫 번째 작품집

2호선을 타다

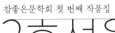

| 글 서금복 서정문 외

2호선 지하철로 바라보는 삶 이야기

수요일마다 제자리로 간다

212 건대입구역

서금복

　종점을 향해 가고 있었다. 옆자리에 앉아 있던 누군가에게 산 이름을 대며 그곳에 가려면 어디에서 내려야 하냐고 물었다. 그의 대답이 종점에서 산까지 자동 연계되었으니 앉아 있으면 된다고 했다. 잠시 후 전동차는 종점에 도착했고 내게 대답해 준 사람도 내리고 있었다. 따라 내려야 하나 마나, 미심쩍어 엉거주춤하는 사이에 전동차는 출발했다. 얼마쯤 흘렀을까, 안내 방송이 나오고 있었다.

　"이번 역은 건대입구, 건대입구역입니다. 내리실 문은 오른쪽입니다."

　"뭐라고? 건대역이라고?"

　소스라치게 놀라 눈을 뜨니 꿈이었다. 이렇게 허망할 수가 있나. 꿈에서 나의 출발지는 어렴풋이나마 건대입구역으로 기억된다. 그렇다면 나는 원점으로 온 것이 아닌가. 이게 뭘 암시하는 걸까. 가슴을 쓸어내리며 얼마 전 응모한 문학상을 떠올렸다.

전혀 생각지 않던 응모였다. 등단 경력 20년 이상에 신간을 낸 지 3년 이내면 자격이 된다고 했다. 그동안 한 번도 수필 쪽으로 욕심낸 적이 없었다. 10년 정도 수필을 멀리한 내 죄를 알기에. 그러면서도 끝내 응모한 것은 수강생들에게 끊임없이 도전하라고 하면서 나는 안일하게 있으면 안 된다는 강박 관념 때문이었다.

어느새 5년이 되었다. 지인의 권유를 받고 처음에는 동시만 쓰겠다고 사양했다. 그러다 문학의 첫사랑인 수필을 잊지 못해 2013년 9월부터 강의를 시작했다. 처음에는 어떻게 해야 할지 몰라 열정 하나로 목소리 높여서 하다 보면 약속된 시간에서 30분은 훌쩍 넘어 있었다.

그동안 수필 교실을 통해 등단한 작가가 동시인 1명, 수필인 16명이 되었다. 자랑스럽게 그 숫자를 셀 때마다 가까운 문단의 선배님들이 걱정하셨다. 너무 일찍 등단시키는 게 아니냐고. 그럴 때마다 우리가 어떻게 공부하는지를 보셨느냐고 묻는다. 그리고 등단은 시키는 게 아니라 스스로 응모해서 당당하게 신인상을 받는 거라고 말씀드린다.

처음 듣는 수강생들은 3개월간은 글을 잘 내놓지 않는다. 그러다가 글을 쓰기 시작하면 평균 2주에 한 편씩 갖고 오는 편이다. 몇 년 전 '메르스'가 전국을 공포로 몰아 당연히 가야 할 애경사의 발걸음조차 머뭇거리게 할 때도 우리 교실엔 '휴강'이라는 단어가 존재하지 않았다. 심지어 3개월 동안 12강이 원칙이지만, 한 주가 남아도 마다하지 않았다. 그렇게 해도 모자라다 싶으면 수업 후 또다시 모이기도 했고, 그래도 궁금한 게 남으면 이메일로 서로 잠 못 이루게 하는 밤도 많았다.

좋은 날만 있었겠는가. 오자마자 '등단'이라는 단어를 내세우며 속전속결을 부르짖다가 내게 등 떠밀려 나가는 사람도 있었고, 합평회 시간엔 자기 글에 대한 합리화만 하느라 여러 사람 진땀 나게 하는 이도 있었다. 또 자신의 세계에 철저하게 갇혀서 쓴 글로 우리의 이해를 강요하는 이도 있었다.

그러나 대부분은 합평회 때 상대방의 의견에 귀 기울인다. 그때마다 자존심이 아닌 자존감이 높은 사람만이 좋은 수필을 쓸 수 있다는 걸 확인한다. 그런 날에는 나도 집에 와서 책상 위에 엎어놨던 책을 다시 펼치고 컴퓨터 앞에 앉아 글 쓰는 시간을 늘린다. 운 좋게 내가 먼저 문학의 길을 걸어서 '선생'이란 과분한 대접을 받는다는 깨달음 덕분이다. 그리고 그들과 함께 문학의 길을 오랫동안 걸어야겠다는 생각으로 17명 중 뜻 모은 12명과 함께 '참좋은문학회' 첫 동인지를 펴내기로 했다. 주제를 전철역으로 하는 게 개인의 추억과 사회 현상을 자연스럽게 접목할 수 있을 것 같아서 2호선, 43개 역에 대해 나눠 쓰기로 했다.

산을 향해 가지 않고 다시 건대입구역으로 돌아온 꿈을 꾼 날, 내가 응모했던 문학상의 수상자가 결정되었다. '혹시나'가 '역시나'로 끝났지만, 생각보다 그렇게 섭섭하지 않았다. 한동안 수필을 멀리했던 것이 사실인데 수필이라고 나를 단박에 안아 주겠는가.

수필의 출발은 자기의 감정을 진솔하게 써 내려갈 수 있는 용기에 있다고 본다. 거기에 자신에게는 엄격하고 타인에게는 따뜻한 이해와 배려가 있어야 향기로운 글이 나올 수 있지 않을까.

그래서 나는 수필 쓰기를 접었었다. 문학을 핑계로 좌충우돌하면서 어떻게 온순하고 성실한 글을 쓸 수 있겠는가. 그나마 동시를 쓰면서 세상 보는 눈이 조금은 편해졌다고 느꼈을 때가 바로 5년 전이었다.

그곳에서 여러 사람을 만났다. 그들은 나보다 문학에 더 열정적이었고 순수했으며 무엇보다 따뜻했다. 그야말로 '수필 쓰기에 딱 좋은 수강생들' 덕에 세상 속에서 빙빙 돌다가 매주 수요일, 오후 1시쯤에는 건대입구역에 도착한다. 대학으로, 병원으로, 백화점으로, 로데오거리로 가는 듯한 사람들과 함께 내려 목표지점이 있는 각자의 출구를 향해 걷는다. 계단으로 내려가기도 하고 에스컬레이터를 향해 뛰기도 한다.

수필과 동시와 시, 세 가지 장르에 몸담고 있으니 아직도 소소한 욕심이 뒤따르지만, 내가 5번 출구를 향해 걸으면 그들은 더 이상 따라오지 않는다. 오로지 문학에 대한 사랑만이 나를 따라와 광진문화예술회관 3층으로 올라가면 잘 익은 커피향과 어우러진 수필의 향기가 나를 반긴다. 제자리에서 결석과 지각 없이 5년째 용기를 준다.

내 마음의 수선화 피는 곳

김태식

앞뜰은 지금 수선화가 한창이다. 보고 있자니 눈부신 꽃들의 무리, 은은한 향기에 벌써 내년까지 어떻게 기다려야 하나 하는 생각부터 앞선다. 그래서 지금의 모습이라도 더 가슴에 담으려 눈을 고정한다. 곁에 있던 아내가 차가 화단을 막아 감상에 방해되니 좀 더 잘 보이게 다른 곳으로 옮겨야겠다고 한다.

잠실벌 건너 북으로 달리면 나오는 역이 있다.

먹물을 짙게 풀어놓기라도 한 듯 밤이 더욱 깊어 가면 상점의 네온등이 하나둘 꺼지기 시작할 때 아쉬움만을 잔뜩 남기고 떠나던 곳이다. 헤어짐을 아쉬워하며 조금만 더 있다 보면 막차를 겨우 탈 수 있었다. 집이라도 가까우면 좋으련만 서쪽의 끝까지 오는 것이 만만치 않았다. 그래도 함께하는 시간이 즐거웠으니 어쩌랴. 지금도 간혹 늦은 시각에 귀가하다 전동차에서 연애에 열중하는 청춘을 보면 그때를 생각해 마음으로 응원을 한다.

하지만 그것이 딸아이가 되고 보면 생각이 바뀌어 빨리 귀가하라 독촉하기 바쁘다. 그것도 대물림인지 지금은 딸아이가 나 대신 남자 친구와 그 헤어짐을 아쉬워하는 듯하다. 점점 귀가 시간이 늘어지니 말이다. 『원죄근처』라는 시집을 읽은 지 얼마 되지 않아서 그런지 지은 원죄가 있으니 조금 일찍 귀가하라는 이야기로 마무리한다.

가까우면 좋았으련만 마음처럼 쉬운 일이 아니었으니 힘든 것을 감수할 수밖에 없었다. 먼 곳도 자주 접하면 익숙해져서 생소한 곳을 처음 갈 때처럼 멀게 느껴지는 것이 덜한 것 같다. 사실은 너무 친숙해졌기 때문이겠지만 지금껏 그곳은 마음속에서 늘 가깝게 느껴지는 곳이다.

'땡신사!'

통행금지가 있던 시절 우리 집에서만 통용되던 언어다. 무엇이 그리 바쁜지 밤 12시 통금시간에 맞춰 들어온다 해서 어머니가 내게 붙여준 별명이다. 밤늦은 시간까지 자식의 무사 귀가를 바라며 기다리신 어머니의 마음을 조금이라도 읽었더라면 좋았겠지만, 항상 마음 아래켠으로 밀어내고 친구들과 어울리다 보면 귀가가 늦곤 했다. 때로는 친구 집에 신세 지는 일도 종종 있었다. 잠자리는 가려야 한다는 아버지의 말씀도 며칠이면 약발이 떨어져 걱정을 끼쳐드리곤 했다.

지금이야 언제든 연락이 가능한 편리한 세상이니 무작정 기다리는 일이야 없지만, 그 시절은 그것이 불가능한 시기였다. 물론 지금처럼 세상이 험하지는 않아 연락 없이 외박했어도 친구하고 어울리나 보다 하고 큰 걱정 없이 이해해 주셨다.

어머니가 지어주신 '땡신사'라는 별명이 조금은 어색해질 무렵, 옛 명성(?)을 되찾기라도 하려는 듯 무엇에 홀린 듯이 찾아들어 마지막 전동차 시간에 맞춰 떠나던 곳이다. 고등학생 예비 처제에게 빵 사주며 점수 따던 빵집이며, 종종 찾던 가게들은 다른 간판으로 바뀌었지만, 지금은 오랜만에 찾아든 고향 마을처럼 정든 처가가 되어 변함없이 반기는 곳이다.

드라마에 나오는 단골 메뉴처럼 처가 골목 어귀 작은 놀이터는 연애 시절 자주 애용하던 곳이다. 아무도 보는 사람, 듣는 귀 없으리라 생각하고 마음을 열던 곳이다. 내 나이가 지금 몇인데 더 기다리느냐고 지금은 아내가 된 여인에게 결혼을 독촉하며 이야기한 일이 엊그제 같다. 누가 밤늦은 시간에 그 이야기를 엿들었는지 내가 이야기한 내용이 미래의 장모님 입을 통해서 들려왔을 때의 창피스러우면서도 어색한 감정이 배었던 추억이 깃든 곳이다.

일찍 세상을 뜨신 장모님의 허전함을 늘어난 식구들이 조금은 메워주는 곳이기도 하다. 영원히 변하지 않고 옛 추억을 간직해 줄 것만 같은 곳도 여기다.

그렇지만 서울의 다른 곳들이 많이 변했듯이 구의역 처가 주변도 많이 변하긴 했다. 연애 시절 여고생이던 막내 처제가 어느덧 중년의 부인이 되었으니 시간이 꽤 흘렀다.

아내를 처음 만났을 때는 참으로 청순했다. 생기발랄한 막 피어난 수선화 같은 모습이었다. 한동안 꽃집을 지나치다 수선화 몇 송이를 사고 싶을 때가 있었다. 내가 튤립과 수선화를 좋아하기도 했지만, 그녀에게 주고 싶다는 생각에서였다. 그렇지만 수십 년 지난 아직도 실행에 옮기지 못하고 있으니 그것은 아마 개인적인 성향도 크게 작용한 듯하다. 꽃은 손에 잡고 있을 때보다 멀리서 보았을 때 더 아름답게 보이는 것 같다는 핑계 아닌 핑계를 대지만 나에게 그것은 사실이다. 그렇더라도 역시 연인은 손에 잡고 있을 때 제일 아름다운 것 같다.

지금은 간혹 아이들에게 너희 엄마가 순진한 총각 꼬드겨서 만났다고 너스레를 떨지만, 그 시절을 생각하면 한마디로 땡잡은 거였다. 살면서 경제적으로 어려웠던 시기를 슬기롭게 헤쳐 나갈 수 있게 해 주었던 것도 그였으며 시부모님 모시고 가정의 평화를 지킨 것도 아내였다.

아들에게 자주 이야기를 건넨다. 너도 장가가려면 아가씨가 이것저것 재지 않을 엄마 같은 꽃다운 나이에 작업(?)을 걸어 보라고 한다. 그래야 뒷배경을 보지 않고 단지 너의 모습만을 보고 따라온다고 하며 그런 아가씨와 교제를 하라고 한다. 곁에서 듣던 딸아이가 '그때 엄마가 몇 살이었지?' 하는 물음에 '막 피어난 수선화 같은 꽃다운 23살' 하는 아내의 말에 '사실 수선화 꽃보다 더 예쁜 여인이었지.'하고 슬며시 이야기하며 그런 너희 엄마 순진한 모습에 넘어가 평생 발목 잡혔다고 웃음 짓는다.

물론 간혹 생활력이 지나쳐 용돈으로 티격태격하며 짠순이 소리를 듣기도 하고 카드 사용내역을 세세히 따지기도 해 땀 흘리게 하지만 따져 보면 그것도 훗날 가족의 안위 때문이란 걸 알기에 식구들도 이해하며 넘긴다.

그래도 부모에게 순종하고 평생을 때로는 친구처럼 애인처럼 곁에서 용기와 의욕을 북돋워준 '구의댁', 그런 아내가 곁에 있어 좋다.

그래서 그런지 이곳은 인연의 골이 깊은 것 같다. 무엇이 좋은지 요즘도 나는 매주 이 동네에서 인생 2막을 위해 또 다른 연인, 글을 벗 삼아 헤맨다. 여기에서 젊어서는 배필을 만나려고, 나이 들어서는 못했던 문학의 꿈을 펼치기 위해 평생을 떼려야 뗄 수 없는 인연을 가꾸고 있다.

마음만 먹으면 누구든 만나는 곳

전해숙

　　집 안에 있을 때는 몰랐는데 거리에 나서니 폭염에 오가는 사람마다 축 처져 인상을 찌푸린다. 얼른 전철을 타니 한결 살 것 같단 생각이 드는 순간 금방 강변역에 도착이란다. 아쉬운 마음을 떨치지 못하며 전철에서 내린다. 동서울터미널을 내려다보는 순간 줄지어 선 수십 대의 버스들이 내뿜는 열기가 하늘의 태양만큼이나 숨 막힐 듯하다. 정말 밖으로 나가고 싶지 않다. '미련이 담벼락을 뚫는다.'더니 가까운 거리인데 택시를 타고 오면 좋았을 것을….

　　테크노마트에 오려면 2호선 강변역에 내려 지하로 향하는 에스컬레이터를 타고 내려오면 된다. 더워 못 살겠다며 아침부터 계속 전화하는 어머니께 가져다 드릴 선풍기를 사기 위해 오늘도 강변역에 내려 이곳에 오게 되었다.

강변역은 한강 제방을 쌓을 때 함께 조성된 역사驛舍이다. 1980년 10월에 개통됐는데, 한강변에 있으니 '강변역'이라 이름 붙였다고 한다. 바로 앞에 동서울종합버스터미널이 있어 사람들은 '동서울터미널역'이라고도 한다.

중요한 쇼핑을 할 때면 테크노마트에 가기 위해 강변역을 자주 이용한다. 그래서인지, 아니면 워낙 많은 사람이 동서울터미널에 가기 위해 강변역을 이용해서인지 지인들을 자주 만나곤 한다. 때로는 다시는 보고 싶지 않은 사람과 부딪히는 경우도 있지만, 자신을 보고서도 아는 척도 안 하고 지나갔다고 야단치며 서운해하는 언니도 있다.

어느 해인가는 어디서 많이 본 듯한 중년 남자가 양손에 가방을 들고 전철에서 같이 내린다. '누구지? 많이 본 사람인데…' 아무리 생각을 해도 기억이 나질 않았다. '만일 저분이 나를 알아보는데 나는 저분을 못 알아보면 어쩌지?' 하는 걱정이 되었다. 한편으로는 궁금하면 참지를 못하는 성격이 나도 모르게 그 양반을 빤히 쳐다본 모양이다. 그분이 민망했는지 웃으며 하는 말이 "저요, 텔레비전에 나오는 사람이에요." 한다. 그 말을 듣자마자 "아! 전원일기 응삼이!" 하며 놀랐다. 고향인 강원도에 가기 위해 버스를 타러 왔다면서 자신의 본명은 '박윤배'라며 총총히 계단을 내려간다. 뒷모습을 내려다보며 무안해서 나 혼자 한참 웃은 적이 있다.

어느 날 아침에는 모임에 가기 위해 부지런히 걸어가는데 별로 친하지 않던 노래교실 언니가 아는 척을 했다. 정말 그녀는 부딪히고 싶지 않은 사람이었다. 기획부동산을 다니는지 볼 때마다 사무실에 한번 놀러오라며 재촉을 했고 막무가내로 투자 한번 하라며 권유했다. 권유가 아니라 강요하다시피 하는 바람에 피해 다니고 있던 중이었다.

또 언젠가는 정말 곤란했던 적이 있었다. 생각하면 지금도 헛헛한 웃음이 나온다. 그날도 역시 테크노마트에 가기 위해 전철에서 내리는 중 낯선 남자가 아는 척을 한다. 옛 동창을 만났다. 정말 오래전의 친구인데 나를 알아본 것이다. 마음이 급해 계속 걷는데 졸졸 따라오며 잠깐 얘기 좀 하면 안 되냐고 해 가까운 곳에 들어갔다. 무슨 얘기를 했는지 자세한 기억은 없는데 학교 다닐 때 나를 좋아했다는 둥, 나를 만나기 위해 십년 가까이 친구들을 통해 수소문했다는 둥 귓가에 맴도는 듯한 소리만 하는 것이었다. 처음엔 접대성으로 들어주고 맞받아주고 하다가 시간이 지날수록 부담이 돼서 일어서자고 했다. 결국 그 달에 있던 동창회에 가지 않았다. 계속 빠질 수 없어 나가게 되면서는 서로의 상황을 자세히 알게 되어 나도 그 친구도 편안해졌다.

또 어느 때인가는 잠시 잠깐 몸담았던 다단계의 고수와 부딪혔는데 전화번호를 알려달라며, 잠깐 얘기 좀 하자며 놓아주지를 않아 한참이

2호선을 타다

나 애를 먹은 적도 있다. 그 후로 강변역에 가게 되면 나도 모르게 주위를 두리번거리거나 걸음을 빨리하는 습관이 생겼다. 그녀는 지금도 가끔 뜬금없는 문자를 보내 나를 놀라게 한다.

이렇듯 강변역에서는 단 1%의 안면만 있어도 반가워하는 사람이 많다. 마음만 먹으면 누구든 만날 수 있고, 그 모두가 반가운 사람일 수도 있다. 내가 상대를 어렵고 불편하게 생각하면 상대방도 마찬가지일 테니 이젠 가능하면 맘 편하게 대하려 한다. 오늘은 그곳에서 또 누구를 만나게 될지 기대 아닌 기대감으로 강변역을 향한 에스컬레이터를 타고 내려간다.

그리운 시절의 그곳

배정숙

10여 년 살던 아파트가 팔렸다. 가족 모두 2호선 전철역 부근의 집을 원했다. 성내역(잠실나루역) 쪽 아파트가 비싸지 않다고 하여 가보니, 14층 꼭대기 층이고 낡았으나 리모델링하여 실내는 깨끗했다. 수목이 무성하고 복도에서 한강이 시원하게 내려다보이고 아차산, 남산이 보였으며, 베란다에서는 남한산성, 대모산도 보였다. 봄에 갖가지 꽃이 연달아 피었다. 비 오는 날 흐드러진 벚꽃 아래 자동차를 세웠는데, 아침에 보니 꽃잎으로 소복하게 덮였다. 꽃잎이 잘 안 떨어져 그냥 출발하며 백미러를 보니, 연분홍 꽃눈花雪 휘날리는 게 마치 신혼여행 차량 같았다. 여름이 되자 꼭대기 층 지붕이 불볕에 달구어져 머리에 불덩이를 이고 사는 듯했다. 저녁에는 더위를 피해 한강 변으로 나갔다. 5분만 걸으면 한강공원이었기에 강바람으로 숨통이 트이고, 강물에 손을 담그거나 계단에 앉아 쉬기도 하였다.

그 당시 잠실한강공원에는 꽃과 채소를 많이 가꾸었다. 가지, 오이 등이 주렁주렁 매달려 있고, 원두막 지붕에 박이 둥실 똬리에 앉아 있고 잠자리가 나는 모습은 고향처럼 정겨웠다. 그러나 홍수가 심할 때면 한강의 흙탕물이 넘쳐서 원두막이 물에 잠겨 지붕 꼭대기만 둥둥 떠 있는 걸 복도에서 애타게 바라보았고, 결국 완전히 잠겨버리자 애꿎은 발만 동동거렸다.

몇 년 후, 아산병원 부근 여자중학교로 이동하여 걸어서 20분이면 출퇴근이 가능했다. 성내역을 지나 성내천 다리를 건너 흙으로 된 둑길을 걷노라면 개나리와 진달래가 반가웠고, 초여름의 찔레꽃, 아카시아, 오동나무꽃 등으로 향기로운 출근길이 되었다. 제비꽃, 달맞이꽃 등 야생화도 철 따라 피어 고운 나비들이 모여들었고 성내천의 새들도 운치를 더했지만, 비가 오면 진흙길로 발이 푹푹 빠졌다. 그러던 어느 날, 불도저가 등장하여 둑의 흙을 파내고 돌 축대를 쌓아서 현대식 둑으로 정비하였다. 덕분에 아산병원으로 드나드는 길이 넓어지고 둑도 튼튼하게 되었으며 둑길은 시멘트로 포장되었다.

그해 연말 IMF 시절, 교장 선생님이 불러서 "학급 수가 줄어 빈 교실 두 칸이 있으니 그곳에 작은 도서관을 만들어 보세요. 예산은 없지만."이라고 하셨다.

학교에 도서관이 생긴다는 것은 얼마나 가슴 뛰는 일인가. 질풍노도기인 사춘기 학생들의 마음을 달래고 꿈을 키우며 독서에 정진하는 시기가 얼마나 소중한가. 그 당시 중학교(공립)에는 도서관이 없었다. 학급문고가 있었으나 책 수준이 낮고 학생들 관심도 적었다. 빈 교실을 이용하여 작은 도서관을 만드는 것은 아주 좋은 일이다. 그러나 예산이 전혀 없다니 너무나 막막하고 한숨이 절로 나왔다. 맨발로 뛸 수밖에 없는 상황이었다. 도서관의 핵심인 도서 마련은 어떻게 할 것이며, 서고 만들기, 사서(봉사자), 열람실 꾸미기 등 해야 할 일이 엄청나게 많아 잠을 설치며 고민도 깊어졌다.

뜻이 있으면 길이 있다고 했다. 부장 교사는 담임을 하지 않으니 수업 시간 외에는 도서관에 대한 자료 수집으로 정신없이 바빴다. 동료 교사들의 조언을 받으며 돈 없이 하는 길을 모색하였다. 연말에 학급문고를 기증받았고, 가정통신문을 발송하여 학부모와 교사의 기증도 받았다. 그러던 어느 날, 출근하려고 주차장을 가는데 책 몇 다발이 놓여 있었다. 아파트를 리모델링, 대학 입학 등으로 책을 정리하여 내놓은 것인가. 당시 내가 살던 아파트는 재활용품을 주차장 옆에 내놓으면, 치우는 사람이 있었다. 그날부터 출근 전에 그곳으로 가서 살폈는데 시계, 거울, 교과별 참고서, 소설류, 문학 전집, 그림 등이 있어 꽤 도움이 되었다.

도서관에는 사서가 필수적이지만 예산이 없으니 어쩌랴, 봉사자는 2학년 독서 담당 학생을 학교도서부원으로 승격, 임명하고 봉사활동 점수를 인정해 주기로 하였다. 도서부원 여학생들이 차분하게 일하여 많은 도움이 되었다. 또한 전교생 대상으로 '도서관에 관한 표어와 포스터' 대회를 실시하여 학생들에게 도서관의 중요성을 인식시켰고, 표어와 포스터 우수 학생에게 시상하고 작품은 도서관 벽과 복도에 게시하였더니 학생들 관심이 점차 고조되었다.

교실 두 칸 중 서고書庫는 반 칸, 열람실은 한 칸 반으로 하였는데, 서가書架는 우여곡절 끝에 학교 특별예산으로 제작했다. 책상과 의자는 다행히 다른 교실에 있던 것을 이용하였다. 헌책은 먼지를 털고 닦아 풀로 붙여서 종목별로 분류하여 전체 도서 목록을 작성하였다. 아직 학교에 컴퓨터가 보급되기 전이니 정말 힘든 일이었다. 그런데 큰 난관이 생겼다. 너무 힘들어 도서부원을 포기하겠다는 학생들이 있었다. 조별로 나누어서 분담하며 숙제할 수 있는 시간을 주었지만 그들을 토닥거리는 일은 매우 중요하였다. 더 많은 대화를 하고 배려하며 도서부원들의 노고에 혜택을 주는 방법을 찾느라 고생했었다. 늦게까지 일하는 도서부원들의 간식을 챙기며 책의 앞과 뒤, 중간 등에 학교 도서관 도장 찍기, 목록 작성, 분류, 대출카드 등을 작업하였다. 그러느라 몇 달 동안 도서부원들과 고락을 같이하며, 함께 땀을 흘렸고 별이 총총할 무렵에 함께

퇴근했다.

　IMF 시기에 어려운 가정의 학생들이 많은 학교였지만, 뜻있는 학부모들이 백과사전, 각종 어학사전, 문학전집 등을 기증하여 기뻤고, 도서부원 간식 준비, 책 정리 등을 도와주신 분들도 참 고마웠다. 꿈꾸는 사람에게 그 꿈이 이루어진다는 말을 믿으며 난관을 하나씩 헤쳐 나갈 수 있었다.

　그런 와중에 친정아버님이 돌아가셨다. 비교적 건강하셨기에 덜 바쁘면 효도하려 했는데 갑자기 돌아가시자 멍해졌고, 날이 갈수록 새록새록 회한이 되었다. 아버지의 은행 예금이 조금 남아 있어서 형제자매가 나누었고, 그 일부를 도서관 책 사는 데 보탰으니 아버지께서도 조금은 흐뭇해하셨겠지.

　드디어 꿈꾸던 '작은 도서관'이 개관되었다. 책을 빌려 가는 학생도 많고 열람실에서 늦게까지 공부하는 학생도 꽤 많았다. 열람실을 많이 이용하는 학생은 자기 공부방이 없는 어려운 가정의 학생이 대부분이었다. 사춘기의 갖가지 스트레스를 학교 도서관에서 스스로 이겨내고, 반짝이는 눈망울로 열심히 공부하는 모습은 진정으로 장래가 촉망되는 학생들의 모습이었다.

　도서관에 사서가 없으니 도서부원들과 함께 사서 역할까지 하느라 늦게까지 고달프기도 했지만, 마음은 뿌듯했다. 다른 학교도 빈 교실이 많아서 고민이었으므로 도서관을 참고하러 많이 왔다. 교육청 전문직이나 다른 학교 교장·교감 선생님들이 학교를 방문하면, 교장 선생님은 가장 먼저 학교 도서관을 보여주며 자랑하셨다. 그 당시 상황에서는 학교도서관의 모델이 되었던 것일까.

지금 우리나라는 발전하여 작은 도서관이 많이 생겼고, 학교마다 정보 교육관이란 이름으로 도서관과 사서도 있으니 참으로 다행한 일이다.

성내역이 잠실나루역으로 이름이 바뀐 지도 오래되었고, 우리 가족도 강 건너로 이사했다. 지하철 창밖으로 잠실나루역 주변을 유심히 바라본다. 벚꽃이 피었구나, 은행잎이 곱게 물들었구나….

잠실나루역, 그곳은 젊은 시절의 많은 추억이 쌓인 그리운 곳이 되었다.

번데기와 월드타워

배정숙

　　잠실역은 매우 역동적이다. 지하철역 1일 평균 이용객이 강남역(20만 명) 다음으로 잠실역(16.5만 명)이 많다고 한다(2016년 서울교통공사).

　　잠실 지역은 조선시대, 국가에서 양잠을 장려하기 위해 뽕나무를 심고 잠실蠶室을 두었기에 유래된 이름이다.

　　예닐곱 살의 봄, 할머니는 채송화 씨앗처럼 가무스름한 누에 알이 다닥다닥 붙은 것을 동네 반장에게서 몇 장 받으셨다. 방에 두고 어린 뽕잎을 곱게 다져 알 위에 덮어주니 며칠 후에 작은 벌레처럼 고물거렸다. 야들야들한 뽕잎을 곱게 썰어 주는데 누에가 커감에 따라 뽕잎도 커지고, 나중엔 잎을 통째로 주다가 더 크면 가지 채로 넣어 주었다.

누에는 약 6일 간격으로 뽕잎을 전혀 먹지 않고 잠만 잔다. 자고 난 누에는 눈에 띄게 길어졌으나 홀쭉해져 뽕잎을 왕성하게 먹었다. 통통하게 살이 오르면 또 잤는데 넉 잠까지 잔다. 넉 잠 후 1주일쯤 지나면 뽕잎을 더 이상 먹지 않고 고치 만들 자리를 찾는다. 이때 나뭇가지나 짚으로 섶을 만들어주면 누에가 실을 토해 자기 몸을 감으며 고치를 만든다. 누에고치는 땅콩 껍질과 비슷한 모양인데 뽀얗고 예쁘다. 초록색 뽕잎만 먹은 누에가 뽀얀 고치를 만든 것이 참 신기했다.

할머니는 누에고치를 삶아서 접시에 담아놓고 명주실을 뽑으셨다. 고치에서 실 가닥을 찾아 물레에 감고 빙빙 돌리면 명주실이 감긴다. 누에고치 하나에서 뽑아내는 실의 길이는 1500m 내외다. 잠시 후, 접시에는 갈색의 쪼글쪼글하면서 갸름한 번데기만 남았다. 할머니는 그 번데기를 내 입에 쏙 넣어 주셨다. 쫄깃하면서도 부드럽고 고소한 별난 맛이었다. 골목 또래들에게 자랑하고 놀다 돌아오니 접시에 번데기가 소복했다. 신바람이 나서 냠냠 집어먹고 저녁밥은 안 먹었다.

그 실로 짠 것이 노르스름한 명주(실크)다. 엄마는 명주에 물감을 들여 노랑 저고리에 자주색 깃과 고름을 달아서 설빔을 만들었고, 나는 설날을 손꼽아 기다렸다.

지난해 8월, 잠실역에서 외손녀 둘, 손자 둘과 만나 월드타워에 갔다.

송파구 신천동의 지상 123층, 높이 555m의 이 건물은 한국적 곡선미를 나타내기 위해 우리 전통 도자기와 붓의 형상을 모티브로 설계한 초고층 빌딩이다. 전체 면적은 축구장의 110배에 달한다고 한다. 멀리서도 우뚝하게 보이는 월드타워의 겉모습은 늘 보았지만 꼭대기에 올라가지는 않았는데 손주들이 가보고 싶어 했다. 사드 여파 때문인지 외국 관광객이 크게 붐비지 않아 기다리지 않고 관람할 수 있었다.

10여 년 전 미국 동부지역을 여행할 때, 뉴욕의 맨해튼 '엠파이어스테이트'빌딩(102층, 높이 381m, 당시 세계 제일)을 관광하려고 길게 줄을 서서 몇 시간을 기다렸다. 지루하고, 중간에 갈아타느라 또 줄서기를 하며 종일 걸렸지만 뭘 보았는지 기억도 나지 않는다. 작년 봄, '대만 101타워'관광도 1층에서 칸막이 줄을 따라 뱅뱅 도느라 한나절 꼬박 걸렸다. 사실 한국에도 월드타워가 있으니 별 관심이 없었지만, 패키지 여행이라 가이드 권유로 갔었는데 역시나 별 감흥이 없었다.

월드타워 1층에서 휴대품 검사를 마치고 초고속 엘리베이터를 탔다. 출발하여 월드타워 꼭대기까지 올라가는데 걸리는 시간은 60초, 즉 1분이라고 안내 방송이 나왔다. 설마 1분 만에 꼭대기까지 올라갈 수 있으랴 싶었는데, 속도를 전혀 느끼지도 못한 채 정확히 '60초 땡!' 하면서 도착하니 손주들도 매우 신기해하였다.

월드타워 꼭대기에서 내려다보는 서울은 산이 병풍처럼 에워쌌고, 시야가 사방으로 시원하게 트여 서울 전체가 잘 보였다. 남산이며 북한산, 도봉산, 청계산, 남한산성 등이 모두 가까워 보였고, 올림픽공원 전체가 한눈에 들어왔다. 잘 우거진 숲과 토성, 호수 등이 한 폭의 수채화였다. 석촌호수와 롯데월드는 마치 예쁜 그림엽서 마냥 동화 속의 왕자와 공주가 금방 나타날 것만 같았다. 석촌호수를 내려다볼 때는 호숫가 벚꽃이 만발했던 순간이 함께 연상되며 더욱 멋져 보였다. 서울 시민의 생명줄인 한강은 우리 모두의 꿈을 품고, 도도하면서도 유유히 길게 흘러가는 광경이 충만감을 주었다. 서울 전체를 조망할 수 있는 멋진 타워가 있다는 게 자랑스럽고 마음 뿌듯했다.

할머니는 나에게 양잠 과정을 직접 체험하며 명주가 어떻게 만들어지는가를 배울 수 있는 기회를 주셨다. 맛있는 번데기를 먹어보고 예쁜 설빔 만드는 과정을 지켜보며 기다리는 즐거움도 알 수 있게 해주셨다.

나는 손주들에게 무엇을 주었을까. 유년기에 사촌들과 함께 월드타워에 올라 서울의 사방을 둘러본 경험이 이 세상을 넓은 시야로 바라볼 수 있도록 하는 것에 작은 보탬이라도 될까.

잠실역은 오늘도 많은 사람으로 북적인다. 외국인들까지 합세하여 활기차고 역동적이다.

강변 쪽에서 바라본 월드타워

그해 여름의 기억

김정자

　흐르는 시간을 거슬러 올라가 본다. 그해, 그 여름은 6월부터 불볕더위가 시작하더니 7월 중순부터는 후텁지근한 날씨에 모기까지 극성이다. 긴 장마의 예고였나… 저녁 식사 후 꾸질꾸질 더워지면 집에 있기보다는 아이들 데리고 신천역 지하도를 찾았다. 우리에게는 '대형 선풍기'로 통하는 그곳, 잠실역과 신천역 사이에 육교가 있고 바로 그 아래 신천역 지하도가 있다. 사람들 통행이 적고 잠실5단지로 내려가는 이 길은 너무나 시원해서 이 맛을 아는 사람은 아이들, 가끔은 연세가 있으신 분들도 많이 찾으니 쉼터로 안성맞춤이다.

　땀을 식히고는 정해진 코스가 있다. 건너편 호박마을이다.

　당시 잠실은 1, 2, 3, 4, 5단지로 주변은 아파트 군락뿐 나머지는 모두 공사장에 쓰레기하치장인데, 탄천 뚝방을 향해 걸어가면 눈부시게 밝은 저녁노을이 예술이다. 좀 더 가까이 가면 석촌호수 한 귀퉁이의 비취 색깔이 땀을 식혔다.

처음 만났던 휑하니 뚫린 쓰레기 하치장이 어느 날부터 초록색으로 덮이기 시작해 우리는 쓰레기 더미에서 풀이 자란다고 일축해 버리고는 다시 대형 선풍기 지하도를 찾아와 땀을 식혔다. 지하도에 어둠이 스며들기 전에 집에 오면 밤잠도 설치지 않고 잘들 잤다.

온종일 그 지긋지긋한 더위에 해 질 녘을 기다리다 선풍기를 찾아갔고 또래 아이들은 우리보다 먼저 와서 웃음판이었다. 서로 눈을 맞추면 그 빈터 호박마을에 가자는 신호다. 하루는 앞서거니 뒤서거니 호박마을에 다다르니 함성이 절로 나왔다. 온통 초원이고 사이사이 노오란 꽃들이⋯. 이럴 수가 하며 조심스럽게 가까이 보니 호박밭이었다. 열매를 달고 있는 것 모두가 새끼 호박이며 벌들이 어찌나 윙윙거리던지 조심스럽게 호박밭을 뒤로했다.

오는 길에서는 모두 호박밭 이야기다. 풀이 아주 예쁘게 자라서 가까이 가봤더니 호박 구덩이에 쓰레기를 치우고 흙과 거름으로 아주 튼실하게 가꾸고 있다는 이야기. 아침 일찍부터 남자 열댓 명이 이 밭을 가꾸더라는 어느 엄마의 이야기를 들으니 빈 땅이 넓은 곳에 대박이 열릴 거라는 생각을 했다. 아이들 방학이 가까운 어느 날 대형 선풍기에 땀을 식히고 호박마을을 향하면서 이젠 많이 자랐을 호박을 상상하며 판매가 가능하면 사기로 작정했다. 길 쪽에 트럭이 서너 대, 그리고 남자들 댓 명이 웅성거리는데 거래하는 듯 평당에 얼마 하자는 소리의 틈새에 할 머니 한 분이 한 목소리 하신다. "어떻게 가꾼 것인데 거저 주지 말고 좀 더 키워서 팔도록 하라."고 거드신다. 모였던 사람들이 흩어지고 한쪽에 우두커니 서 있는 할머니를 뵈니 갑자기 눈물이 목까지 차오른다. 딱 우 리 엄니, 엄니였다!

할머니의 마른 체구와 휘어진 등이며…. 어영부영 더듬거리며 말을 나누고 싶었다. 순간 아이들이 달려와 "할머니" 하고 달려드니 양팔로 끌 어안으시며 "아이고 내 강아지들 어서 오게나." 하시며 감싸 안으시는 모 습에 내 눈이 흐려진다. 우리 엄니도 새끼들이 보고 싶다며 기다리다 이 젠 하늘에서 보시려나 싶어 청승을 떨다보니 살아계실 때 못해 드린 가 슴이 쓰리다.

"애기 엄마! 호박이랑 오이랑 들고 가시게." 할머니는 그렇게 중얼거리 시는데 다음날 또 오겠다며 홀렁 그 자리를 떴다.

내 눈물을 숨기고 힘든 주변을 보면 다시 돌아보는 성품은 우리 엄니 의 성품일까? 우리는 가난하면서도 객이 많았었다.

그 후로도 호박마을을 자주 찾았다. 아이들도 땅을 파서 만든 할머니 움집이 시원하다며 좋아했다. 컴컴한 굴속 같은 방에 평상에 돗자리 하나가 잠자리란다. 한쪽 구석진 곳에 성모상을 모시고 그 앞에 대형 초는 24시간 켜 놓으신단다. 자주 앉아서 기도하시고 흙구덩이 습기도 말리신단다. 호박 따는 일을 거들면 고맙고도 미안하단다. "할머니, 그러면 나 일당 주세요." 하면서 많이도 웃고 많이도 울었다.

할머니의 삶은 우리 엄니의 일생과 비스름했다. 제천의 구교 집안에 성실히 살면서 애들 교육도 헌신적으로 했는데, 농사일은 뒷전이고 전답 팔아 도시에 살면서 죽네 사네 하더니만 쉰이 다 된 막내가 장가도 안 가고 친구 셋이서 호박 농사를 한다기에 밥이라도 해주려고 왔단다.

물이 없어 탄천까지 걸어 나가 빨래하는 일이 힘드셔서 이젠 하늘만 바라본단다. '성당은?' 내 입을 두 손가락으로 막으신다. 무슨 무슨 성당 신부님과 사돈지간 큰며느리 오빠란다. 행여 입소문을 주의시켜 입을 열지 못했다.

주고받은 얘기 속에 베티성지의 묻혀 버린 이야기들에서 숨겨진 교회사의 한편도 배웠다. 워낙 품성이 조용하셨고 어딘지 성스러움이 있어 조심스러웠다. 어떻든 이 호박마을에서 실패 없는 마무리를 기도하신단다. 힘든 세상 견디기에는 아들이 당찬 면이 부족해 이리 치대고 저리 부대끼며 힘들어하는 게 안쓰럽다며, 당신 몸 추스름도 어려운데…. '내 속은 숯검댕이네.' 하시는 음성이 귓가에 머문다.

한날 외출하고 집에 오는데 복도에 큰 박스가 두 개나 있다. 뭘까 하고 보니 선풍기다. 현관에 들어서니 "엄마, 아빠한테서 전화 왔어." 이제 선풍기 샀으니 신천역에 나가지 말라고 했단다.

오래된 선풍기가 하나 있었는데 시어머님이 워낙 더위를 못 견디며 아파트를 답답해하셔서 선풍기는 그 방에서 나올 줄 몰랐다. 그렁저렁 이 여름 지나고 넓은 아파트로 옮기면 선풍기든 에어컨이든 마련하려는데 막힘이 많았다.

남편이 모처럼 일찍 퇴근해 차에서 내려 지하도를 들어서는데 어른들 아이들 떠드는 소리에 내려다보니 오이와 참외를 손에 들고 재미있어하는 우리가 눈에 들어왔단다. 아마 호박마을 할머니가 꼬부라져 상품 가치가 없는 것을 가져와서 나눠 먹는 모습이었을 듯하다. 행복하게 보였지만 집에 오는 본인의 발걸음이 무거웠단다. 흘끔 쳐다보는 눈이 나와 마주쳤다.

며칠을 장대비가 내리쳤다. 방송에 잠실 둑이 무너질 거라는 엄청난 걱정, 어찌어찌 피해를 면했다는 보도에 비가 개자 득달같이 호박마을을 찾았다.

온통 진흙이 뒤덮여 아무것도 보이지 않고 탄천 둑이 무너져 저층 아파트 호수공원까지 피해가 컸을 거라며 모두 혀를 찬다. 황당해도 너무

황당했다. 호박마을 할머니는 어디서 찾아야 하나.

　저쪽 흙탕물 위로 할머니의 빈 평상 모서리가 둥실거린다. 하늘도 무심하시지…. 뚫려버린 듯 비를 쏟아내는 하늘을 보며 기막혀 숨도 못 쉬셨을 호박 할머니 생각에 가슴이 미어진다. 큰아들 잃고 망연자실하시던 울 엄니 얼굴이 내 눈물과 뒤엉켜 흙탕물 위에 어린다.

천막 속의 천사들

김정자

초겨울 해 질 무렵, 잠실운동장 건너편의 그 너른 빈터가 나를 불렀다. 건축 쓰레기 위에 지어진 천막집이다. 우리 집에서는 버스, 지하철이 두 정거장이지만 하차 후 이 집까지의 거리는 불편하고 조심스럽다. 길이 아니고 운동장 공사장의 건축 쓰레기 위를 걸어야 하기 때문이다. 시멘트가 섞인 돌덩이와 철근들이 신경 쓰여 이 추위에도 등에서 땀이 송골송골 맺힌다.

강남시립병원 개원 후 많은 환자가 몰려와 봉사하는 우리는 이 일 저 일 닥치는 대로 했다. 안내봉사, 방송, 허드렛일, 무의탁환자, 응급환자의 임종까지도 돌보는 상황이었다. 봉사가 끝나고 뒷정리를 하는데 어느 아주머니가 다가왔다. 혼자서는 감당하기 어려워 손길을 부탁하겠다는 말을 조심스럽게 꺼낸다. 우리는 모두 피곤했지만, 서로의 눈길을 모아 이 여자와 동행하는데 잠실운동장역에서 내리더니 앞서가며 조심해서 뒤따라오란다.

한참 가다가 뒤돌아보며 그녀가 가리키는 곳에 이르렀다. 웬일로 여기는 돌무더기가 정리됐구나, 했더니 군인용 야전 천막이 눈에 들어왔다. 한길에서는 전혀 보이지 않더니만 이곳에…. 서로 눈을 굴리며 그녀가 출입문을 들어 올리는데 나만 쳐다본다. 밀치는 손길이 나를 앞장세워 들어서는 순간 "아이구야!" 의외의 비명이 튀어나온다. 눈에 보이는 것들 모두가 표현키 어려울 만큼 너무나 정리가 잘 돼 있고 깨끗하다. 일년 가까이 살고 있단다.

텐트 안에는 또 하나의 텐트가 있었다. 헌 옷, 가벼운 이불 등을 가위로 다듬어 손바느질해서 만든 또 하나의 예술품이다. ㄷ자형의 구조에 양쪽은 야전 침대와 매트리스 두 장씩 포개어 단정히 꾸며졌다. 우리 모두는 저절로 숨소리조차 낼 수 없었다. 눈으로 가리키는 한쪽을 보니, 잿빛의 성긴 머리카락에 주름투성이의 창백한 얼굴이 눈에 들어온다.

무표정한 환자를 덮어놓은 이불이며 담요가 정갈하다. 또 한쪽은 자기들 침대라는데 역시 깨끗하며, 가운데 통로에 있는 연탄난로가 이 집의 난방 시설인데 찌그러졌으나 깨끗한 알루미늄 주전자에서는 따뜻한 김이 올라오고 있다. 한쪽은 낡은 싱크대가 부엌임을 말해주고 가스버

너가 올려져 있다. 이 혹독한 날씨에 집안도 훈훈하고 돌봄이 아주머니도 훈훈하며 어쩐지 성스러움까지 느껴진다.

환자와의 관계를 물으려 하자 제가 정류장까지 모신다며 우리를 밖으로 안내해 종합운동장 역사 안으로 내려왔다. 벌판이라 어디 의지할 곳이 없으니 모래바람도 피할 겸 운동장 역사로 내려오면서 그나마 이곳 화장실 수도에서 물을 길어다 먹고 씻는 것도 밤늦은 시간이나 새벽을 이용한다며 감사함도 잊지 않는다. "이곳에 오기 전에 영등포에서 남편이 잡역부 일을 하다가 전봇대 위에서 감전으로 떨어져 팔다리에 부상을 입었어요. 지금은 불편한 몸으로 폐휴지 모으는 일로 생활을 꾸리고 있어요. 의사의 오그라든 근육을 피는 수술을 하면 좋을 거라는 소리는 멀어지고 있지요. 우리 부부는 고아원 출신이고 혈육도 없이 고아원에서는 성인이 되면 나가야 한다는 원칙이 있어 영등포 단칸방에서 살다 변을 당하고 오갈 곳이 없어서 이곳에 숨어 삽니다. 어지간하면 운동장 공사장에 나오라는 권유도 있지만 몸이…."

강남병원 병실 쓰레기 비우는 일을 하던 중, 통 말이 없던 환자인 조씨 아주머니와 눈인사에 속엣말도 조금씩 하는 사이가 되었는데 하루는 원무과 직원이 '보호자도 없고 병원비도 엄청난데 빨리 병실을 비우라'며 화를 내는 소리가 들렸단다. 그때부터 이 환자가 말문이 막혀버린 듯

싶고 의식이 오락가락 깜짝깜짝 놀래기만 해서 남편과 의논 끝에 모시기로 하고 함께 지내고 있는 중이란다.

조 씨가 원래는 잘사셨던지 필동에서 살 때 갑작스러운 사고로 남편을 잃고 잠실로 이사와 살았단다. 어느 날 큰딸을 따라간 막내가 '엄마 미국에서 같이 살자.'며 졸라대는 바람에 아파트를 팔아 방 한 칸에 짐을 맡기고 미국으로 간 게 화근이었다. 몇 년을 어설프지만, 그렁저렁 지내며 돈을 몽땅 언니에게 투자했는데 잘못돼 견딜 수 없는 상황이라 다시 한국으로 왔다 그때 부동산 바람이 일어 방 한 칸에 800만 원으론 지하실도 못 가는 상황이고 보니 시름시름 아파도 화병이겠거니 생각하며 지냈단다. 시립병원이니 혜택이라도… 하고 왔더니 암이 여기저기 전이돼 손도 댈 수 없는 상황에 그마저도 나가야만 하는 지경에 온 것이다. 환자 조 씨는 61세, 돌봄이 아주머니는 43세. 너무나 초연하게 사연을 말하는데 가슴이 뛰어 그녀의 떨고 있는 두 손을 꼭 잡아 주었다.

잠실의 모래바람이 휩쓰는 눈보라가 무서웠지만, 어느 누구도 하나 따뜻한 마음은 식을 줄 모르고 약속한 시간이면 그들을 찾아 위로했다. 그러던 어느 날, 우연히 너무도 우연히 봉사자 우리 세 명, 돌봄이까지 네 명이서 "야, 우리 성가 하나 부르자." 하고는 '천년도 당신 눈에는 지나간 어제 같고…. 주여 당신만은 영원히 계시나이다.' 하는데 어쩐지 느낌이 이상했다. 환자를 보니 눈을 힘들게 뜨려 하더니 그대로 숨을 몰아

쉬고는 눈을 편안히 감는다.

돌봄이가 뛰쳐나가더니 운동장 공사장에서 인부 두 명, 그리고 트럭을 가져와 강남병원 영안실로 옮겼다.

사업하다 망해 알거지 신세일 거라고 본인 아픈 것도 알리지 않고 겨우 전화번호 하나만 가지고 있던 미국의 큰딸에게 연락을 하니, 곧 출발할 테니 도착하면 장례를 치르게 기다려달라고 했다고 한다. 다음 날 가보니 큰딸 사돈들, 막내딸 사돈 등이 그득히 모여 있어 장례 걱정은 안 해도 괜찮지 싶었다.

그러잖아도 이틀 후가 설날이라 걱정이던 차에 한시름 덜었다 싶었고, 구정 지나 천막을 찾으니 장례는 7일 후에 치렀단다. 다행히도 큰딸네가 텍사스에서 원유를 취급하다 죽을 고비를 넘기고 지금은 미국에서도 손꼽는 원유 보급을 한다며 밀린 병원비에 장례비 등을 해결했다고 한다.

더욱 반가운 소식은 돌봄이네 아파트도 삼성동에 마련해주고 돌봄이 남편 재수술 비용까지 마련해준다니 감사할 뿐이다. 그분들이 우리 봉사자들도 보고 싶어 강남병원을 찾았었단다.

기억이라는 것이 오늘을 더 잘살게 하는 힘이 되는구나.

상전벽해

219
삼성역

한미정

　그곳은 나에게 특별하다. 지하철 2호선 삼성역을 향하는 발걸음이 가볍다. 코엑스가 있기 때문이다. 집에서 30분도 채 걸리지 않게 편하고 빨리 갈 수 있어서 더 자주 이용했던 것 같다. 교통 좋은 그곳은 남편이 해주는 옛날얘기를 들으면 지금으로는 상상되지 않는다.

　남편은 초등 6학년 때 대치동에서 전기공사를 하시는 큰고모 댁에 심부름을 다녔다고 한다. 지금의 코엑스가 있던 자리를 버스 타고 지나갔는데, 6학년이면 심부름하기에 충분하지만 들고 갔던 짐이 문제였다.

　그때가 강남이 개발되기 시작하던 때라서 2, 3층짜리 낮은 건물이라도 지으려면 전기를 끌어다 쓰느라 변압기가 많이 필요했다. 시아버님이 변압기나 온도조절기 같은 것을 제작하는 사업을 하고 계셨다. 아버님은 시골에서 올라온 고모님 부부에게 강남에 가서 그 사업을 하라고 길을 일러주시고 물건도 대주셨다고 했다. 바쁠 때면 어린 남편이 7~8㎏ 무게의 쇳덩어리 변압기를 한 손에 한 개씩 들고 가야 했다. 그때는 길에 다니는 차도 별로 없었던 시절이라 길이 한적했다.

63번 버스를 타고 종점인 봉은사에 내렸다가 다시 대치동 가는 버스로 갈아타야 했다. 어린 나이에 무거운 그 물건을 하나 들어서 길에 내려놓고 버스에 올라와서 다시 남은 하나를 옮겼다고 한다. 7~8㎏면 상당한 무게이니 남편이 어떻게 그 물건을 날랐을지 그림이 그려졌다. 그 시절에는 버스에 안내양이 있었다. 한 번은 빨리 내리라고 등을 떠미는 바람에 서둘다가 손등이 찢어지는 일도 있었다고 했다.

교통도 불편했지만, 개발되지 않았던 때라 강남 일대가 모두 허허벌판이었고 코엑스 있는 자리나 선릉역 근처까지도 물에 잠기는 일이 허다했다고 했다. 넓은 벌판에 큰 웅덩이들이 많아서 동생들과 작은 물고기 잡으러도 종종 다녔다고 했다. 아무것도 없던 그 넓은 곳에 국제무역전시장이라는 코엑스가 생겼다.

6월이면 열린다. 그들이 사람들의 주목을 받으러 퀴퀴한 창고에서 나온다. 하지만 세상 구경할 수 있는 시간은 고작 나흘이다. 각각은 태어나는데 여러 과정을 지나야 하는 절대적인 시간이 필요하다. 요즘 어떤 아이는 인터넷으로 몇 시간 만에 뚝딱 만들어지기도 한다지만 대부분은 빠르면 한 달에서 길게는 몇 년도 걸린다. 그들에게는 주인의 정성이 들어간 표지와 멋진 이름이 있지만, 그보다 먼저 우리가 부르는 이름이 있다. '책'이다.

아이들 키울 때 1년에 몇 차례씩 코엑스 전시회에 가게 되었다. 처음 갔을 때 넓고 큰 규모에 놀랐고 그만큼 정보와 지식이 많은 것에도 놀랐다. 거기에 조금만 미리 신경 쓰면 무료로 전시회를 참관할 수 있다는 장점도 있었다. 많은 전시회 중에서 내가 기억해두었다 가는 도서전시회는 개인적으로 만족도가 컸다. 언제부턴가 서울국제도서전으로 명칭이 바뀌었지만, 변함없이 책들이 주인이 되는 큰 잔치다.

어깨에 멘 무거운 가방과 양쪽 팔에 나눠 담은 책들로 돌아갈 때는 허리가 저절로 휜다. 어쩌다 자리에 앉으면 가장 먼저 손이 가는 책은 할인행사로 싸게 산 도서 중 한 권이다. 사기 전에 대충 훑어보고 샀지만 싸다고 급하게 사서 혹시 내용이 부실하거나 다른 문제점은 없나 살펴보게 된다. 표지부터 맨 뒷장까지 전체적인 면을 찬찬히 살핀다.

아이들이 어릴 때 빠듯한 살림살이에 읽고 싶은 책을 몇 권 사고 나면 미안한 마음이 들어 편치 않았다. 도서를 '정가대로 순진하게 다 주고 샀으면 돈이 얼마인데' 하며 이 같은 행사가 있어서 좋은 책도 많이 보고 저렴하게 산 것에 무척이나 뿌듯했다.

이제 강남을 대표하는 상징이 된 코엑스에 세계 각국 사람들이 무역 회의를 하러 드나들며 나라의 위상도 올라갔다. 상전벽해라는 말이 딱 들어맞는 경우다.

가끔씩 강남의 사방으로 쭉쭉 뻗은 도로에 서게 된다. 바로 앞에 있는 차가 비싼 외제차라서 아주 넉넉하게 거리를 두고 있다. 신호 바뀌기를 기다리는 동안 하늘로 솟은 빌딩들을 올려다본다. 부러움이 나오려는 때, 이렇게 하늘을 찌를 듯한 부의 상징들에 어릴 적 남편의 땀과 애환이 조금이라도 들어갔다는 것이 떠오르면 무심한 쇳덩이들이 조금은 부드러워 보인다.

220 선릉역 **복수초는 여전한가**

한미정

　　3월 초순이면 제법 쌀쌀하다. 이제 그만 긴 잠에서 털고 일어나라는 듯 홍매화 피었다는 소식이 들렸다. 겨울 동안 가방 안에서 몸이 근질근질했을 카메라를 꺼내 보고 지인들과 약속을 잡은 것이 작년 봄이었다. 서울에서 홍매화가 가장 먼저 자태를 뽐낸다는 봉은사로 향했다. 가서 보니 추운 날씨 탓에 카메라를 들이밀기 민망할 정도로 몇 송이만 피어 있었다. 모처럼 나온 봄꽃맞이를 바로 접기는 아쉬워 근처의 선릉으로 발길을 돌렸다. 지하철 선릉역에서부터 따라 걸은 고즈넉한 능의 돌담길이 자연스럽게 우리를 입구로 안내했다.

　　선릉에는 성종과 그의 세 번째 왕비 정현왕후, 그들의 아들 중종의 능이 있었다. 능에는 전체적으로 노송들이 푸른 숲을 이루었고 잘 다듬어진 잔디가 왕릉의 위엄을 나타내는 것 같았다. 세 분의 능을 다 돌고 출구가 얼마 남지 않은, 눈에 잘 띄지 않는 곳에서 언뜻 꽃 같은 것을 보았다. 홍매화도 덜 핀 상태라 꽃은 전혀 기대하지 않고 담소 나누며 걸었는데 노랗게 활짝 핀 꽃을 보자 조금 전까지 서운했던 마음이 눈 녹듯 사라졌다. 땅 위로 10cm 남짓한 작은 키에 꽃잎에서 환한 빛이 나는 진노랑 꽃은 복수초라고 했다.

학교 다닐 때 역사 수업은 외우기에만 급급해서 흥미가 떨어지는 과목이었다. 문화유산의 가치를 세계적으로 인정받은 조선왕릉을 가까운 거리에 두고도 이제야 처음 찾았다는 것이 조금 부끄러웠다. 복수초를 만나게 된 기쁨의 장소여서였는지 선릉에 대해서도 알고 싶어졌다. 관심과 약간의 애정이 더해져 세 분에 대해 찾아보니 치적보다는 덩이 식물들처럼 이야기가 줄줄이 따라 나왔다. 이야기의 중심에 폐비 윤 씨가 있었고 가슴 아픈 사연은 왕실을 뒤엎고 나라를 혼란에 빠뜨리는 사건들로 나타나 후세까지 전해지고 있다. 왕실은 오로지 한 남자를 위해서 수많은 여자가 필요한 특별한 장소였고 한정된 공간에서 똑같은 일상이 반복되는 곳이었다. 왕의 눈에 띄기 위해서 화려한 미모와 필사의 노력으로 정성을 다했겠지만 결과적으로 그것 역시 자신을 지키기 위한 권력을 만드는 일이었을 것이다. 궁에는 여성 특유의 시기와 질투가 암흑처럼 항상 깔려 있었으니 사건의 발단이 여성이었던 것은 어쩌면 당연한 일이다.

그동안 몰랐던 새로운 이야기도 있었다. 성종의 어머니이면서 연산군의 할머니인 인수대비는 며느리 폐비 윤 씨에게 사약을 내린 시어머니로 악평이 많았다. 하지만 유교적 사회기반이 강하게 뿌리내리기 시작한 15세기에 여성도 교육을 받아야 한다는 진보적인 생각을 가졌다고 한다. 비록 남성을 우위에 두고 여성의 부덕을 강조했지만, 부녀자들의 훈육을 위해 여성 교육서를 직접 편찬한 그녀의 업적이 재평가되고 있다.

성종의 왕비 정현왕후 역시 편치 않은 운명의 여인이었다. 시어머니 인수대비를 모셨고 의붓아들 연산군을 품어야 했고, 며느리가 문정왕후였으니 말이다. 조용하고 차분한 성격의 그녀는 폐비 사건에 개입하지 않고 자신의 운명에 순응하면서도 결정적인 순간에는 자신과 아들을 지키는 사람이었다고 한다. 후에 연산군의 폭정에 일어난 중종반정 때에도 반정의 주도 세력이 아들 진성대군(중종)을 왕위에 올릴 것을 청하니 그것을 승낙하여 아들을 왕으로 만들고 자신도 대비의 위치에 올랐다.

선릉 입구의 오른쪽에 있는 중종의 능은 다른 왕들과 다르게 단릉이다. 왕비가 셋이나 있었지만, 어느 한 왕비와도 같은 곳에 묻히지 못하고 네 사람 모두 각기 다른 장소에 안장되어 있다. 원래 중종의 능은 둘째 왕비 장경왕후의 능이 있는 곳에 같이 있었는데 문정왕후가 그곳이 풍수상 좋지 않다고 하여 지금의 자리로 옮겼다. 하지만 사실은 문정왕후가 중종과 묻히기를 원하여 능을 옮긴 것이라 한다. 그녀가 죽은 후 중종의 묘가 있는 정릉이 홍수 피해가 잦아 문정왕후는 소원하던 남편 곁으로 들어가지 못하고 지금의 태릉에 안장되었다고 한다.

선릉에 가서 복수초를 만났고 그들의 삶도 알아보게 되었다. 특혜 받고 살았던 그들의 궁궐 이야기에는 인간의 다양한 심리와 내면의 갈등과 생과 사의 모든 것이 압축되어 있는 듯했다.

복수초의 꽃말은 '영원한 행복'이라고 한다. 복을 불러온다는 복福과 만수무강을 기원하는 수壽를 뜻하는 이름이다. 꽃잎과 꽃술이 오목렌즈처럼 되어있어 햇볕을 모으기 쉬워서인지 눈 속에서도 꽃이 피어난다. 향기가 없는데도 따뜻하게 데워진 꽃 속으로 날아온 벌에 의해 수정도 저절로 이루어진다고 한다.

시린 눈을 녹여가며 한 해의 맨 처음에 꽃 피우는 복수초를 애절하게 기다리는 것은 어쩌면 무덤 속 그분들이 아니었을까 엉뚱한 생각을 해본다. 그들은 누구보다 복을 많이 받고 오래 살기를 바라지 않았을까. 마음은 수시로 괴롭고 힘든 일이 있었을지라도 외관상으로는 부러울 것 없는 영화를 누렸으니 꽃말처럼 '영원한 행복'을 믿었을지도 모른다. 올 3월은 날씨가 추워서 꽃들이 작년보다 훨씬 늦게 피었다. 올해도 복수초가 피었을지 궁금해 선릉을 다시 찾았다. 그 자리에 다소곳이 피어있었다. 여전하게.

불도그처럼?

한미정

결혼 전에, 출근하려면 오르막이 한참이었다. 영등포에 있던 사무실이 강남으로 이사하면서 역삼역에서 내려 언덕을 올랐다. 번화가에서 꽤 벗어난 곳에 있다 보니 지각이라도 하는 날이면 가파른 길을 뛰어오르느라 숨이 찼다. 역삼역은 유명세 있는 강남역과 왕릉이 있는 선릉역 사이에 평범하게 있었다. 지하철에서 별생각 없이 가면 한순간에 지나쳐도 모를 역이 나의 반려자를 만나게 된 특별한 장소가 되었다.

어느 날 외근 나가다 서로 얼굴만 살짝 아는 사이인 그 사람과 마주쳤다. 둘 다 말 한마디 건네지 않던 때였는데 호감형과는 거리가 먼 인상과 다르게 나에게 깍듯하게 인사하는 모습이 남았다. 우리는 같은 건물을 썼지만, 회사는 달랐다. 두 회사가 같은 업종이라 사장님들끼리 예전부터 친분이 있었고 업무적으로 공유하는 일도 자주 있었다. 어느 프로젝트를 같이 진행하면서 그쪽 직원이 우리 사무실로 와서 일하며 한 식구처럼 지내게 되었다. 자연스럽게 짝 찾아주기도 하게 되어 직원들이 그 사람과 나 사이에 한 계단씩 오작교를 놓아줬다. 우리는 연말의 설레고 들뜬 분위기의 시작인 크리스마스이브 날에 첫 데이트를 했다. 둘 다 어색하면서도 태연한 척 애쓰며 무슨 맛인지도 모르고 식사했고, 25년이 지난 지금은 하루 세 끼를 같이 하고 있다.

첫 만남 얼마 후에 퇴근하려고 역삼역에서 전철을 기다리는데 나와 반대 방향에 그 사람이 후줄근한 모습으로 서 있었다. 무슨 마음이었는지 건너편에 대고 큰 소리로 그를 불렀더니 두리번거리다 나를 알아봤다. 나중에 그 사람은 깔끔하지도 않은 나를 어떻게 부를 생각을 했냐고, 너무나 고마웠다고 했다. 전기를 전공한 신입직원이었던 그는 출장이 잦았다. 1, 2주일씩 지방에 다녀오는 일이 빈번했고 돌아오는 날 고속버스터미널에 마중 나가면 더러 불심검문에 걸렸다. 남편 학교 때 별명이었던 '불도그' 인상에 덥수룩한 머리와 수염이 거칠어 보이게 했을 것이다. 꾀죄죄한 점퍼 차림에 공구 가방까지 더해져 시대적으로 예민한 그때는 그런 요구에 거부할 수 없었다.

몇 해 전부터 지인들에게 우리 부부가 닮았다는 말을 들었다. 전혀 생각지 못했던 말이어서 그사이 내가 불도그처럼 변했나 싶어 뜨끔했다.

작년 부부 모임에서 교외로 나가 식사하는 중에 파인애플을 팔러 온 사람이 있었다. 음식을 먹고 있는데 과일을 팔러 오니 다들 심드렁해지자 한 친구가 아저씨에게 제안했다. 우리 여섯 팀 부부 중에서 누가 부부인지 세 팀을 맞추면 그가 파는 파인애플을 여섯 봉지 사 주겠다고 했다. 우리는 그 사람이 절대 세 팀이나 맞추지 못할 것이라고 자신만만했다. 하지만 결국은 파인애플 여섯 봉지를 사게 되었다. 물건을 파는 사람이라 보는 눈이 달랐는지 정확하게 네 팀의 부부를 찾아냈다. 그것도 우리 부부를 가장 먼저 알아맞혔다.

사실 불도그는 공격적이고 위압적인 외모와는 달리 침착하면서 온순하다고 한다. 못생겼지만 성격이 유쾌하고 가족과 친구들을 다정하게 대한다고도 한다. 그러고 보니 남편의 성격과 놀랄 만큼 많이 닮았다. 한 가지 단점은 진짜 불도그나 남편이나 화가 나면 조심해야 한다는 점이다. 스스로 제어할 힘을 잃기 쉬우니 화가 빨리 풀어질 수 있는 방법으로 유도하는 노하우가 필요하다. 나 또한 불도그처럼 화낸 적이 없겠는가. 서로의 생각이 많이 다르다고, 둘의 성격이 맞지 않는다며 투견처럼 덤벼들기도 했을 것이다.

결혼 전에는 사뭇 달랐을 두 사람의 얼굴이 세월의 교집합이 넓어지면서 그동안 얼마나 자연스럽게 포개졌을까. 닮았다고 하니 내가 불도그처럼 변했다는 말보다 남편의 궂은 인상이 부드러워졌다는 말을 듣고 싶은 이기심이 앞선다. 오랫동안 같이 살아온 우리도 기왕 닮아갈 거면 얼굴만이 아니라 상대의 장점도 서서히 닮아가면 좋겠다.

거울 속의 나를 슬쩍 바라본다.

**222
강남역**

강남, 그 까이거

전해숙

　얼마 만에 찾은 곳인가. 한 걸음 떼놓기가 바쁘게 떠밀리다시
피 앞으로 가고 있다. 원래 사람 많기로 유명한 곳이지만 주말도 아닌데
많아도 너무 많은 것 같다. 슬며시 되돌아가고 싶은 생각이 든다. '모임
에 괜히 참석한다고 했나.' 하는 후회도 밀려온다. 못 보던 건물은 또 왜
이리도 많은 건지. 걷다가 마주한 높다란 빌딩엔 CGV 극장이 들어서 있
는가 하면 강남의 중심가답게 패션, 잡화, 화장품점이 줄지어 있다.

　내가 활동하던 때의 이곳은 건물마다 들어선 사무실로 인해 흰 와이
셔츠에 넥타이 매고 배회하는 사람들이 많았다. 물론 젊은이들도 눈에
띄긴 했지만, 전체적으로 아직은 덜 성숙된 듯, 그래서 뭔가 다소 부족한
그런 거리였다. 하지만 지금은 중장년은 물론 싱그럽고 풋내 넘쳐나는
혈기왕성한 젊은이들까지 그야말로 모두의 거리가 된 듯하다. 처음에

들었던 후회감은 어느새 사라지고 나도 덩달아 이들과 어우러진 듯 들뜨고 있다.

서울의 강남구 역삼동, 그것도 강남대로 중심가에 자리 잡고 있는 강남역은 2호선과 신新분당선을 탈 수 있는 전철역이며 환승역이다. 내가 고등학교를 졸업하던 해인 1982년 12월에 개통되었으며, 그 당시엔 8번 출구까지만 존재했다. 7년 전, 신분당선이 개통되면서 12번 출구까지 늘어났다. 강남역 내부에는 강남 주요 상가 중의 한 곳인 강남역 지하상가가 있어 많은 인원이 그곳을 찾는다. 그 이유도 한몫하는 것인지 강남역은 우리나라 전철역 중 하루 평균 승·하차 인원이 가장 많은 역으로도 유명하다.

한때, 나는 강남역 8번 출구 근처 어느 빌딩에서 활동하며 온 정신을 쏟아 어떤 일에 몰두한 적이 있다. 나만의 무지갯빛 꿈을 이루기 위해 하루에도 몇 차례씩 강북과 강남을 오가며 사람들을 만나고 물건을 홍보하면서 열심히 살았다. 남들이 뭐라 하던지 귀에 들어오지 않았다. 그다지 귀가 얇은 편이 아니었던 내가 무엇에 빠졌던 것일까. 열정이 들끓는 젊은이라는 사실 하나 말고는 전혀 내세울 게 없는 존재감 없는 존재였건만. 아무리 생각해봐도 이해할 수 없는 시절이었다.

회사 관계자들은 자신들이 개발한 상품으로 우리는 곧 월 천만 원대

수입이 가능한 큰 부자가 될 것이며 자동차도 외제차만 타고 다닐 것이라고 했다. 평생 돈을 물 쓰듯 쓰며 살 것이고, 그래서 모두에게 부러움의 대상이 되어 존경받으며 살아갈 것이라고도 했다. 우리의 눈에서는 남들과 다른 광채가 났다. 휴일에도 쉬지 못하고 이런저런 교육에 불려 다녀도 불평불만이 없었다. 몸이 약했던 나는 어디서 그런 에너지가 나왔는지 항상 빨갛게 토끼 눈이 되어 다니면서도 전혀 힘든 줄을 몰랐다. 하루도 빠지지 않고 각종 미팅에 참석하고 교육에 참석했다. 지방까지 다녀와야 하는 세미나에도 팀원들을 이끌고 쫓아다녔다. 그러면서 마음 한편으로는 하늘에 닿을 듯한 강남의 어느 고층 아파트에 사는 꿈을 꾸었다. 버스를 타고 다니면서는 휘황찬란한 몇십 기통 외제차를 타고 다니는 꿈을 꾸었고, 김밥 한 줄에 라면을 먹으면서는 강남의 어느 고층 라운지에 앉아 한강을 내려다보며 우아하게 칼질하는 꿈을 꾸었다.

하지만 시간이 지나자 사람들 사이에 불평불만이 쌓이기 시작했고 이탈자가 생기기 시작했다. 한 팀, 두 팀 사라지기 시작하면서 나의 불안감도 커져 갔다. 결국엔 알게 되었다. 내가 그리도 긍정적으로 신뢰하고 따르며 열정을 쏟았던 회사가 바로 다단계 회사라는 것이다. 감언이설로 사람들을 꾀어 물건을 팔게 하면서 차차 빚더미에 앉게 만든다는 그런 회사 말이다. 한층 한층 쌓아 올리던 나의 성이 와르르 무너졌다. 허황된 꿈을 좇던 날개가 부러져 바닥에 내동댕이쳐지고 말았다. 무지갯빛 사탕은 더 이상 나에게 달콤함을 주지 못했다. 아무런 희망도 보이지 않자 짐을 싸 강남을 떠났다. 다행히 무모한 투자는 하지 않아 집안을 말아먹진 않았지만, 팀원 중엔 빚을 진 사람들이 꽤 있었다. 나도 그 당시 강남에 대한 막연한 희망에 젖어 있었나 보다. 아니, 나도 모르는 사이 강남 사람들에 대한 부러움과 경외심이 자리하고 있었나 보다.

내 기억 속 강남의 첫인상은 고교 2학년 어느 여름날, 짝꿍을 만나기 위해 대치동 은마아파트라는 곳을 찾아갔을 때의 모습이다. 강남이 마구 개발되면서 부상하고 있을 때였다. 버스에서 내리니 아득히 먼 곳에 사하라 사막 같은 붉은 땅덩어리에 회색빛 건물만이 서너 동 서 있었다. 도로는 아직 포장이 되지 않아 진흙투성이였고 울퉁불퉁 연이은 고갯길이었다. 길 따라 뿌옇게 일렁이는 먼지 속으로 내가 타고 온 낡은 하늘색 버스가 알 수 없는 세계로 빨려들 듯이 사라져 갔다. 어느 시골 도시를 닮았다는 생각을 하면서 '강남, 그까이 거 강북만도 못하네.' 하는 생각을 했다. 누구나 살고 싶어 하는 신대륙이 아닌 그저 어디서나 볼 수 있는 초라한 시골마을에 불과했다.

20대 때 강남역 근처에서 다단계 경험을 하고 난 후에는 '나처럼 어리숙한 사람은 살 곳이 못 된다.' 하면서 또다시 무시했다. 그랬던 강남이 철이 들고 나이가 들어감에 따라 나도 한 번 강남에서 살아보고 싶다는 생각이 들기 시작했다. 그 당시엔 더 이상 '강남, 그까이 거'가 아니었나 보다. 신축 아파트가 계속 늘어감에 이곳저곳에 추첨권을 넣어봤지만, 속속 떨어졌고 결국엔 강북에 자리 잡고 지금까지 살고 있다. 요즘은 나이를 먹어서인지, 왁자지껄 붐비는 강남이나 도시도 싫고 한적한 시골 마을이 좋다. 시골에서 산다는 것도 사실 그리 쉽지만은 않지만 말이다.

223 교대역

눈물과 웃음이 넘나드는 곳

배정숙

2호선

1980년대 초, 세 번째 근무한 학교가 교대역 부근 신설 중학교였다. 강남 인구가 급속히 증가하던 때라 신입생만 19학급, 남학생반 담임이 되었다. 한 학급에 70명이었지만 뽀얗고 귀여우며 순진했다. 얼굴과 이름을 익히고 차츰 정이 들어가며 장난치고 웃을 일도 많아졌다.

담임은 30분 먼저 출근하여 아침자습을 지도해야 했다. 그전 학교에서는 하지 않던 일인데, 비교적 안정된 가정의 자녀들이 많은 이 학교에서 자습지도를 해야 한다니 갈등이 심했다. 신설 학교라 시설이 부족하여 피아노, 커튼(암막), 과학기자재 등 시급히 필요한 것들을 갖추기 위해서는 학부모 협조를 받아야 하는 상황이었으며, 부근 학교에서도 하는 걸 안 할 수도 없는 처지이긴 했다.

4월 실력고사가 실시되었다. 중학생이 되어 첫 시험으로 국어, 수학, 과학, 영어 네 과목이었고 평균 점수, 석차(학년석차) 등이 나오니 다들 긴장하였다.

4교시 시험 끝나는 종이 울렸다. 그때 생활지도부 교사가 한 학생을 데리고 교무실로 왔는데 가슴이 철렁했다. 시험 부정행위를 한 학생이라며 그를 담임인 나에게 딱딱하게 인계하였다. 명랑하고 장난이 심한 학생으로 큰 키에 체격은 당당했다. 무슨 일이냐니까 기어들어 가는 목소리로 중학생이 되어 열심히 공부했는데, 헷갈리는 문제가 있어 옆자리 반장 것을 훔쳐보다가 들켰다고 했다. 개교 후 첫 시험의 부정행위라 간단히 넘어가기도 어려운 일이었다. 당황하고 곤혹스러워 고심하다가 엄마를 모셔오라고 했다.

잠시 후 엄마와 함께 왔는데 훤칠한 분이 고개를 푹 숙이고 있었다. 시험공부하는 아들을 지켜보며 기대가 컸을 텐데, 부정행위 때문에 학교에 가야 한다는 아들 말을 듣고 얼마나 놀랐을까.

상담실이 없어 교무실 옆 간이상담실로 가면서 몽둥이를 빌렸다. 여중생, 남중생 교사 경험이 8년이었으나 부정행위 지도는 처음이다. 학생과 엄마, 세 사람이 의자에 앉아서 무거운 침묵이 흘렀다. 말은 없어도 머릿속으로는 별별 생각을 다 하다가 나도 모르게 불쑥 한마디가 튀어나왔다.

"어머니, 제가 담임으로서 지도를 제대로 못해 이런 일이 생겼습니다.

이 몽둥이로 저를 때려주세요." 하며 일어섰더니, 그 엄마가 "아닙니다. 선생님, 제가 가정에서 잘못 가르쳐 이런 일이 생겼으니 저를 때려주십시오." 하며 치마를 걷었다. 그러자 그 아이가 땅바닥에 털썩 주저앉으며 "아닙니다. 제가 잘못했습니다. 저를 때려주세요." 하며 엉엉 울었고 엄마도 함께 울었다. 담임과 학부모의 협조가 잘 되었던 것일까.

이미 퇴근 시간이 지났고 교무실에 남아 있던 교감 선생님이 "담임이 어떻게 했기에 학생과 엄마가 엉엉 울게 되었어요? 보기보다 무섭네요." 하셨다.

다음 날, 내 어린 시절에 다락방 곶감을 훔쳐 먹고 할머니께 꾸중 들은 이야기를 하면서 누구나 잘못할 수 있지만 되풀이하지 않는 것이 중요하다며, 전날 사건을 잊을 수 있도록 배려하였다. 수업 중에도 쉬운 질문을 하여 칭찬을 했지만, 그 아이는 한동안 웃지 않았으며 장난기도 없어지고 의젓해졌다. 그 아이를 볼 때마다 변화된 모습이 대견하기도 했지만, 다른 한편으로는 안쓰러웠다. 사춘기의 팔팔하던 기를 내가 무참하게 꺾은 것일까. 엄마를 호출하지 말고 그 아이를 간곡하게 타이르고 다독거려 주었더라면 더 낫지 않았을까.

요즘 일요일 오후면 6시 40분경 교대역에 도착한다. 7시까지 양재동 동문합창단 장소에 가기 위해 강변역에서 지하철을 타고 교대역에서 3호선으로 환승한다.

합창단에서는 단원 유치와 친목 도모를 위해 동문과 그 배우자가 함께 참석할 수 있도록 하였다. 덕분에 일요일 저녁이면 남편과 데이트를 한다. 느긋한 일요일이지만 저녁식사를 일찌감치 하고 시간 맞추어 가자니 바쁘다. 서두르다 보니 때론 마찰도 있고 갈등도 있다.

그곳에 가려면 한 시간은 걸리니 여섯 시에는 출발해야 하는데, 남편은 대문간에서 물 마시러 가고 모자나 핸드폰을 가지러 간다. 늦지 않게 가려는 것은 내 생각이고 남편은 천하태평이다. 어떤 날은 바로 뒤에 섰던 남편이 내가 올라탄 지하철을 타지 못해 웃음보가 터졌다. 때로는 개운치 않은 기분으로 가더라도 그런 걸 다 잊어버리고 반갑게 웃으며 노래한다. 희끗한 인생들의 영혼이 맑아지는 듯 학창시절로 돌아가 젊은 지휘자를 주목하며 함께 소리를 모으는 순간이 즐겁다.

합창하러 갈 때보다 마치고 돌아올 때는 더 활기차다. 여럿이 함께 지하철 승강장으로 내려가며 도란도란 얘기꽃을 피운다. 여럿일 때 털어놓는 고충은 별것 아닌 것으로 바뀌어 쾌활한 웃음으로 상승작용을 한다.

교대역은 싱그러운 청춘들이 많다. 미니스커트의 멋진 차림이 많고 정열 넘치는 연인들이 감정에 충실한 것일까, 영화에서나 볼 수 있던 애정행각들이 심심찮게 등장하며 관객들은 애매한 표정들을 짓는다.

지하철은 오늘도 그런저런 사연을 싣고 누구에게나 공평무사하게 달린다.

2호선을 타다

익숙하면서 낯선, 그곳

곽영분

작은아버지 댁과 버스로 두 정거장 거리에 신혼집을 얻었다.

국립묘지를 지나 있던 작은댁은 봄이면 벚꽃이 흐드러지게 피었던 잘 정돈된 아파트 단지였고 우리 집은 비탈길 따라 다세대가 밀집된 주택 가였다. 가파르게 경사진 언덕과 계단을 두어 번 번갈아 오르고서야 찾을 수 있는 집이었다. 부모님은 이만저만 걱정이 아니셨다. 그래도 나무 숲을 좋아하는 나는 남의 집 뒷동산을 정원 삼아 살 수 있는 그 집이 좋았다. 철마다 담장을 넘어오는 나무 그늘과 풀벌레 소리마저 낭만으로 가슴에 담았다. 그곳에서 아들딸이 태어났다.

남편이 출근하고 나면, 쪼르르 작은댁을 찾았다. 갓 새댁이었던 내게 숙모님은 남편 내조와 살림하는 지혜를 차곡차곡 알려 주셨다. 반찬 만드는 방법도 멀리 계신 친정어머니보다 자주 뵙던 숙모께 수시로 여쭤었다. 비가 오거나 눈이 내리는 날이면 그 높은 언덕과 계단도 숙모님은 능숙한 운전으로 평지처럼 만들어 주셨다. 때론 맛깔나는 반찬을 가져와 입덧으로 힘없이 누워 있는 나의 입맛을 돋게 했다.

분만 예정일이 다가오자 숙모님은 배가 아프면 언제든 주저 말고 연락하라고 했다. 얄궂게도 자정쯤 진통이 왔다. 빠른 기동력으로 근처 대학병원에 입원시켜 주었다. 이른 아침의 출산 소식에 남편보다도 먼저 달려와 아기에게 첫 눈 맞춤을 해준 사람도 바로 그분이셨다. 그렇게 숙모님은 아이들의 '반포 할머니'가 되었다. 올케언니를 시작으로 나와 여동생의 출산에 누구보다 먼저 수고와 기쁨을 함께해 주셨기에 감사한 마음을 잊을 수 없다.

오빠와 나는 한때 대전에서 살았다. 공부는 도시에서 시켜야 한다는 숙부님 뜻이었다. 초등학교 5학년이 끝나갈 무렵 작은댁이 서울로 이사해야 했다. 엄마 품이 그립던 나는 냉큼 부모님이 계신 곳으로 하차했다. 그러나 오빠는 대학을 마치고 결혼할 때까지 몇 년을 빼곤 줄곧 숙부님 곁에서 생활했다. 그런 작은아버지 내외분은 우리 가족에겐 남다른 존재였다.

결혼하고 곧바로 어린 조카들을 품었으니 내가 결혼 생활을 해보며 그것이 결코 쉬운 일이 아니었다는 것을 새삼 깨달았다. 부모님께서 말

끝마다 강조하셨던 형제간의 우애와 남편의 생각을 귀담아듣는 아내의 역할에 대해 되짚어 돌아보게 하는 일이었다.

약혼식을 앞두고 그와 작은댁에 인사드리러 갔다. 그때 남편은 지방에 계신 부모님에 앞서 작은아버지께 허락 아닌 허락을 받아야 했다. 숙부님 내외 또한 항상 부모처럼 여기라던 아버지의 당부셨고, 그 말씀은 결혼생활 내내 이어졌다. 우리 가족의 그런 마음을 남편 역시 지금껏 이해하며 존중해주고 있어 고맙다.

지방 읍도시가 고향인 나는 대부분 그곳에서 생활했다. 그렇지만 작은아버지 댁이 서울에 있어 결혼 전에도 자주 오르내렸다. 다른 형제들과 달리 호텔에서 약혼식을 치르는 호사도 누렸다. 공무원이었던 아버지의 여력으론 어림없었다. 작은아버지의 경제력이 때마침 조카 사랑으로 표현되었다. 남편은 그 일로 친구들 앞에서 어깨가 조금 올라가 있었던 것 같다. 이사를 하거나 아이들의 학교 문제 등 소소한 일조차 늘 숙모님과 상의했다. 그때마다 젊은 그분은 현명한 조언과 용기 주는 말씀을 아끼지 않으셨다. 두 아이가 그곳에서 초중고를 마치도록 작은댁을 느티나무 삼아 살았다. 이제껏 우리를 향해 두 팔을 활짝 열고 계신 그분들을 생각하면, 왕래가 잦지 않은 시댁 조카들과 그다지 살갑지 않은 나 자신이 때때로 부끄럽다.

그런 작은댁도 몇 년 전 엘리베이터가 있는 신도시로 이사했다. 오래 살던 저층 아파트의 계단이 숙모님의 무릎에 무리가 되었다. 그곳을 떠나온 몇 년 새 내가 살던 낮은 아파트는 새뜻한 높은 빌딩으로 우뚝 서 있다. 아파트와 달리 재건축이 되지 않은 상가에는 아이들과 다니던 분식집과 문방구, 목욕탕이 빌딩 숲 사이에서 여전히 눈에 익숙하다. 아름드리 은행나무가 5층 난간까지 드리우던 아파트는 재건축으로 낯설게 바뀌었지만, 도로를 사이에 두고 아들딸이 다닌 중학교는 반짝이던 그 시절을 보는 듯 그 자리 그대로 정겹다. 그런 서초가 누구는 한없이 낯설다 하지만, 내게는 풋풋했던 결혼 생활 이야기가 있고 또 얼마 전 등단한 글 마당이 있어 그리운 그때처럼 점점 애착이 간다.

지난봄, 등단한 수필지를 들고 작은댁을 찾았다. 내가 글공부하는 것을 알고 숙부님은 몹시 기뻐하셨다. 작은아버지 역시 인생 후반기에 문학의 길에 계셨다. 이런저런 이야기 속에 글 이야기가 새롭게 보태져 오랜 단짝을 만난 듯 반가웠다. 십 년 남짓 반포에 바짝 붙어살면서도 아이들과 남편 사이에서 한창 바삐 살 때라 더 많은 정을 나누지 못한 것이 못내 아쉬움으로 남는다.

계절이 수없이 바뀌는 동안 삶의 세태도 다양해졌다. 우리 가족도 남동생과 사촌 동생, 시동생이 외국에서 살고 있다. 형제와 친척끼리 서로 품어주던 시절을 지나온 우리인데도 개인적인 삶을 중시하는 요즘의 싱

글족이나 딩크족 또한 낯설지만은 않다. 내 아들딸조차 낯설어하는 한 시대의 유물 같은 우리 이야기는 이제 글 안에서나 만나게 되지 않을까.

오랫동안 가슴에 새겨진 두 분의 따뜻함이 이 여름, 수줍은 손끝에 앉는다. 미처 전하지 못한 마음이 소박한 글 꽃으로 피어난다. 넉넉한 품으로 두 조카를 품으셨던 작은아버지와 작은어머니가 그곳에 있다. 지면 속에서 종종 내 글을 만나고 싶어 하시는 아주 익숙한 바로 내 아버지, 어머니 모습이다.

225 방배역 # 끈이 끊어졌다

김정순

　　지하철이 방배역에서 멈췄다. 순이가 들어왔다. 손을 번쩍 들고 이름을 부르자 입이 헤벌어지며 다가왔다. 다섯 해만이었다. 약속이 있어 다음 역에서 내려야 했다. 이튿날 순이에게서 전화가 왔다. 이런저런 이야기가 무르익어갈 무렵 "나, 그 사람하고 헤어졌다." 순이의 목소리가 뒤통수를 때렸다. 할 말을 못 찾고 있는 내게 그간의 일들을 풀어냈다.

　　막내딸이 미국에서 대학을 졸업하게 되었단다. 식구들은 축하하러 갈 생각으로 며칠 전부터 마음이 들썩였다. 순이는 처음부터 갈 마음이 없었다. 딸들이 싫어하는 것 같아서였다. 몇 번이나 함께 가자는 남편의 말에 따라나선 게 화근이었다. 미국에 도착한 날 밤이었다. 남편이 호텔 욕실에서 샤워하고 나오다가 넘어져 무릎을 조금 다쳤다. 아침에 딸들이 왔다. 어젯밤에 아빠가 욕실에서 넘어졌다는 말을 하자마자 "너, 우리 아빠 잘못되면 가만 안 둬." 막내의 목소리가 날아와 심장에 꽂혔다. 연이어 맏딸의 음성이 공기를 갈랐다.

"너, 삼층으로 와. 삼층으로 오라니까." 그 순간 그들을 이어주던 끈이 뚝 끊어졌다. 끊어질 듯하면서도 열네 해를 버티던 끈이었다. "이제 그만해!" 침묵하던 남편이 소리쳤다. 가자미눈으로 몰아세우던 큰애가 움찔했다. 멍하니 서 있던 순이는 잠시 뒤 방으로 들어가 주섬주섬 짐을 챙겨들고 호텔을 나왔다.

서울행 비행기에 올랐다.

남편은 딸들과 미국 관광을 하고 열흘 만에 왔다. 그들을 가족으로 이어주던 끈은 그렇게 끊겼다. 감정이 격해진 듯 순이가 말을 멈추었다.

낯선 나라에서 말 한마디 못하고 쫓기듯 뛰쳐나오는 모습이 영화의 한 장면처럼 스쳐 갔다. 인연을 끊고 싶다는 말을 여러 번 했었다. 그때마다 아이들이 오르내렸다. 남편과는 원만해 보여 잘 극복해 내리라 믿었는데. 이리된 게 다 내 탓 같아 미안하고 가슴이 아팠다. 순이와 그들을 연결해 준 사람은 바로 나였다. 17년 전 일이 바람처럼 스쳐간다.

한 마을에 아내를 위암으로 먼저 보내고 네 딸과 사는 중년 남자가 있었다. 어느 날 식당에서 점심을 먹고 있는데 그가 들어왔다. 며칠 감기를 호되게 앓았다는 그는 너무 말라 다른 사람 같았다. 유치원에 다니는 그의 막내딸이 고개를 푹 숙이고 걸어가는 걸 본 게 바로 전날이었다. 측은했다. 짝을 찾아줘야 한다는 생각이 의무감처럼 들었다. 딸 넷을 품을 수 있는 사람을 찾는 것은 클로버밭에서 네 잎 클로버를 찾는 것만큼이나 어려웠다.

순이와 한 시간 넘게 수다를 떤 날 밤이었다. TV 채널을 돌리는데 엄마 없는 다섯 남매를 친자녀처럼 키운 여자가 나왔다. 여자는 애들이 불쌍해 가난한 남자에게 먼저 청혼을 했다고 한다. 중년이 된 자녀들이 어머니가 자신들을 위해 했던 일을 말하며 목이 메었다. 아버지가 몸이 약해 홀로 바닷가에 나가 낙지를 잡고 온갖 막일을 하며 사셨단다. 울먹이는 자녀들에게 착하고 건강하게 자라준 것만으로도 고마울 뿐이라며 밝게 웃는 여자는 천사였다. 감동으로 온몸의 세포가 물결쳤다. 그 순간 순이의 얼굴이 떠올랐다.

순이도 그 여자처럼 그의 네 딸을 잘 키워낼 것 같았다. 뚝배기처럼 듬직하고 착한 성품이 미더웠다. 키, 학벌, 외모 어느 것 하나 빠질 게 없는데 마흔여섯까지 짝을 못 만났다. 혼자 사는 것도 좋지만 그들과 함께 하는 삶도 의미가 있을 거란 생각이 들어 조심스럽게 그의 이야길 꺼냈다. 나를 어떻게 보고 아이가 넷이나 있는 사람을 소개하느냐고 흥분하지나 않을까 걱정했는데 그냥 웃고 지나쳤다. 순이와 두 갈래 길에 대한 이야기를 나눴다. 많은 사람이 넓은 길을 원하지만 좁은 길이 더 아름다울 수 있다고. 그 말 때문이었을까. 순이는 한 해 뒤 큰길 대신 좁고 험한 길로 들어섰다. 그 길 위에 남자와 네 명의 아이들이 있었다.

초등학교 일학년인 막내는 순이를 친구들에게 우리 엄마라고 자랑하였다. 다른 딸들도 거부감 없이 다가왔다. 그는 정직하고 성실한 사람이었다. 흠이라면 엄마 없이 자란 아이들이 안쓰럽다고 잘못해도 내버려 두는 거였다.

딸들이 학교에 가고 나면 집안은 흩어져 있는 옷가지들과 먹고 난 과자 봉지들로 발 디딜 틈이 없을 정도였다. 몸도 고단했지만, 그녀를 더 힘들게 한 건 애들 교육이었다. 이건 아니다 싶어 타이르면 서로 관계만 나빠질 뿐 조금도 달라지지 않았다. 아무나 어미가 되는 게 아닌데, 흔들릴 때도 있었지만 의젓해진 애들을 보면 흐뭇하기도 했다. 남편은 좋은 사람인데 아이들이 너무 버겁다는 말을 비춘 것도 이때부터였지 싶다. 좀 더 귀담아듣고 함께 해결책을 찾아보았다면 단절까지 오진 않았을지도 모르는데. 가책으로 이야기를 듣는 내내 마음이 불편했다.

어려선 친엄마처럼 따르던 막내도 고등학생이 되자 언니들과 어울리면서 멀어져갔다. 사사건건 순이가 하는 일에 토를 달며 막말을 하기 시작하더니 급기야 "너"란 말이 튀어나온 것이다. 더 있다가는 무슨 일을 보게 될지 무서웠다. 더 망가진 딸들의 모습을 보고 싶지 않았다.

남편과 연을 끊은 지 두 해가 돼가는 이즈음 순이는 생각한다. 갑자기 엄마와 아내를 잃고 춥고 외로워하던 그들에게 따뜻한 가슴을 내준 건 잘한 일이었다고. 이제 그들은 웬만한 바람에는 흔들리지 않을 거다. 끝맺음이 좀 더 좋았더라면 하는 아쉬움은 있지만 그래도 잘살았지 싶다.

　집이 역 부근에 있어서일까. 순환 열차를 타고 한 바퀴 돌아온 기분이라며 한마디 덧붙인다. 자신이 택한 길로 잘살고 있으니까 미안해하지 말라고. 순이의 얘기가 끝났는데도 나는 한동안 멍하니 앉아있었다.

출구 찾기

김정순

　　12번 출구를 나오는 순간 우뚝 솟은 건물들이 눈앞을 막아선다. 거대한 공간에 갇힌 기분이다. 자주 다녔던 길이 맞나 싶어 두리번거리다가, 대로를 달리는 버스를 보고서야 감을 잡는다. 사당역이다.

　　약속 시간이 남아 전에 다니던 골목을 기웃거리는데 길모퉁이에서 고등학생 둘이 뭔가를 서로 빼앗으려고 장난치며 지나간다. 그들의 모습에 문득 청소년 시절 무던히도 속을 태웠던 아들이 떠올랐다.

　　남현동으로 이사하던 날이었다. 용달차가 허름한 연립 주택 일층에 짐을 토해놓고 모습을 감췄다. 몸은 땡볕에 늘어진 호박잎 같았지만, '이제'는 이사하지 않아도 된다는 생각에 마음은 날아갈 듯 가벼웠다.

　　남편의 직업은 이동이 잦았다. 결혼한 지 열아홉 해에 스무 번 가까이 이삿짐을 싸고 풀었다. 언제부터였던가, 한곳에 정착해서 살고 싶다는 바람 하나가 싹텄다. 그 꿈이 아들이 고등학교에 다니게 되어서야 이루어진 것이다.

남편이 원주에서 근무해 주말 부부가 되었고, 집도 전세였지만 그런 것은 아무래도 좋았다. 이사, 이사만 다니지 않으면 되었으니까. 나는 그곳에서 오래오래 살 작정이었다.

집에서 백여 미터 올라가면 관악산 등산로 입구가, 아래로 십 분쯤 내려가면 사당역이 나왔다. 토요일 오후 서너 시쯤이면 남편이 왔다. 특별히 할 일이 없는 날엔 우린 곧바로 뒷산을 올랐는데 오르는 것만으로도 한 주간의 피로가 말끔히 씻겨나갔다. 찾을 때마다 달라지는 나뭇잎 색과 바람결, 숲 향기에 젖어 걷다 보면 나와 남편은 어느새 자연을 노래하는 시인이 되곤 했다. 혼자 보내며 겪었던 속상했던 일, 즐거웠던 일들이 덩달아 따라 나왔고 집으로 돌아올 때는 콧노래가 흘러나왔다.

행복의 유효 기간은 몇 개월이었다.

장점만 보이던 것도 막상 소유하고 나면 하나둘 티가 보이듯 두 집 살림의 단점이 드러나기 시작했다. 일요일 밤늦은 시간이나 새벽에 차를 몰고 근무지로 떠나는 남편의 뒷모습은 가기 싫어하는 아이를 억지로 내보내는 것 같았다. 눈비가 오거나 안개가 자욱한 날은 무사히 도착했다는 전화가 올 때까지 일이 손에 잡히지 않았다. 아이들도 마음이 풀어져 있는 듯했다. 교육비가 늘어난 데다 전에는 들어가지 않던 그이의 교통비와 식비가 더해지니 통장에 빨간불이 들어왔다. 시간이 갈수록 남편의 빈자리가 크게 보였다. 식구가 함께 사는 것이 큰 행복이란 걸 비로소 깨달았다. 그렇게 싫었던 이사에 대한 생각도 고마움으로 바뀌었다. 남편이 앞으로 몇 년이나 직장에 다닐 수 있을까 어림잡아 보고 나서였다. 나올 날을 손가락 수로 셀 수 있었다.

아들과 싸움이 시작된 것도 그때부터였다. 아들은 느긋하고 나는 급했다. 어떻게든 대학에 보내야 한다는 일념으로 우리 형편으로는 엄두도 못 낼 과외 선생까지 붙여주었다. 그러면 미안해서 열심히 공부할 줄 알았는데 시험 전날에도 게임방에 가거나 소설을 빌려 읽었다. 제 앞가림을 못 해 빈둥거리며 사는 미래의 아들 모습이 눈앞에 그려졌다. 모든 게 때가 있는 거라며 타이르고 야단치고 칭찬도 해보았지만, 어느 것 하나 통하지 않았다.

'누구 때문에 우리가 떨어져 살면서 이 고생을 하는데?'

부모 마음을 조금도 헤아리지 않는 아들에게 치밀어 오르는 화를 삭이지 못하고 보여서는 안 될 모습을 보이기도 했다. 아들은 내 인내를 시험이라도 하려는 듯 조금도 변하지 않았다.

급기야 주말에 온 남편에게 참았던 울분을 털어놨다. "나, 저 녀석 때문에 못 살겠어요. 도서관에 간다고 하고 게임방엘 가질 않나, 소설을 읽질 않나, 뭐라고 하면 큰소리로 대들기까지 하니, 나 참. 정신이 바짝 나게 혼 좀 내줘요." 긴장한 눈빛으로 남편을 따라 밖으로 가는 아들의 뒷모습을 보며 "따끔한 맛 좀 봐라." 하며 속으로 쾌재를 불렀다. 서너 시간이 지났을까. 아들과 그이는 기쁜 일이라도 있었던 듯한 표정으로 나타났다. 근처 시장 구경을 하고 좋아하는 탕수육과 짬뽕을 먹었다나. 남편은 "나는 너를 믿는다."며 등을 토닥여 주었다고 한다. 마음을 움직이는 것은 힘이 아니라 믿음과 사랑이라는 걸 그이는 이미 알고 있었던 것 같다.

그 무렵 아들의 마음을 한번도 헤아려보지 않았다. 늘 앞서가는 또래들과 비교하며 너는 왜 못하느냐고 닦달만 했다. 아들이 무엇을 하고 싶어 하는지, 어떤 때 행복을 느끼는지, 고민은 없는지 그런 것엔 아예 관심이 없었다. 느긋하게 지켜보며 기다려 줄 줄을 몰랐다. 그저 공부였다. 부모라는 힘으로 몰아붙이면 뭐든 할 줄 알았다. 애초에 이기지 못할 싸움이었다. 자신의 강한 의지가 있어야만 사람은 변하니까. 아들의 가슴에 수없이 못을 박고 나서야 두 손 두 발 다 들었다. 집착을 내려놓고 나니까 그리 평안한 것을. 그때부터 아들도 나아지지 않았나 싶다.

사당역은 사당동과 남현동과 방배동에 걸쳐 있는 지하철 2호선과 4호선의 환승역으로 출입구가 열네 개나 된다. 출구 번호를 잘 보고 가야 갈팡질팡하지 않고 길을 찾아갈 수 있다. 남현동에서 살던 3년은 출구 번호를 잘못 찾아든 사람처럼 헤매던 때였다. 참 행복이 무엇인지, 내가 얼마나 욕심에 갇혀 있었는지 눈을 뜨게 된 시기이기도 하다. 꽃밭에 꽃이 만발해 있는데 잡초 두세 개에 눈이 팔려 꽃의 아름다움을 느끼지 못하고 살았다고나 할까.

그리도 애를 태우던 아들이 어엿한 사회인이 되어 가정과 회사에서 제 몫을 톡톡히 해내고 있는 걸 보면 '출구를 잘 찾았구나.' 싶다.

어떤 인연

이난

낙성대는 귀주대첩으로 유명한 강감찬 장군이 태어난 곳이다. 고려시대 이곳의 지명은 금천이었는데, 장군의 모친이 장군을 낳은 날 밤에 큰 별이 떨어졌다는 데서 유래되었다고 한다. 이 지명을 우리말 소리 나는 대로 발음하면 그다지 아름답지는 않지만, 한자漢子의 뜻과 유래를 알고 나면 낭만적으로 변한다. 낙성대역을 처음 가 본 것은 몇 년 전이다. 서울 토박이여도 한정된 공간만 다녀서 가 본 곳이 많지 않았는데, 가까이 살던 친구가 그리로 이사를 해서 찾게 된 것이다. 뜨거운 계절이었고, 전철역에서 내려 마을버스를 갈아타고 가야 하는 경로였지만 발걸음은 가벼웠다.

그녀를 알게 된 것은 아들이 초등학교 저학년 때였다. 아이의 친구 엄마여서 자연스럽게 친해지게 되었다. 독일에서 오랫동안 유학 생활을 하고 왔다고 했다. 겸손하고 검소한 품성이 좋아 보였다. 어느 날은 큰아이의 지독한 감기가 작은아이를 거쳐 나까지 옮았다. 사방이 빙빙 돌며 고열이 났다. 이석증이 있다 보니 몸이 좋지 않을 때는 제일 먼저 나타나는 증세다. 어지러워 먹지 못했고 물조차 토했다. 당연히 아이들도 며칠간 결석이었다. 내 사정을 안 친구는 이틀에 걸쳐 배추 죽과 삼계탕을 만들어 가져다주었다. 입맛이 없어 어떻게 먹었는지 기억조차 나지 않지만 십여 년이 지난 지금도 그 일은 고마움으로 남아있다. 그녀의 남편이 법학과 교수가 되었을 때 축하한다는 인사를 하니 친구의 대답이 운이 좋았단다. 나는 운이란 '승자의 겸손이요, 패자의 변명'이란 걸 안다. 그 부부의 사람됨과 독일에서 어떻게 생활을 했는지 들어서 알기 때문이다. 살아가면서 누군가의 운에 대해 진심으로 그렇게 느끼는 건 흔치 않은 일이다.

"조금만 걷다 보면 기분이 좋아져요."

시집살이로 맘고생을 하던 그녀가 툭 던진 말이다. 동병상련同病相憐이라고 그 마음을 알기에 그녀가 부르면 무조건 뛰어 나간다. 아무리 걷기를 좋아한다고 해도 누군가와 맞추어 걷기는 쉽지 않다. 보폭이나 속도가 맞지 않으면 서로 민폐가 된다. 걷는 게 비슷해서 우리는 한강이나 청계산, 대모산 둘레길도 잘 걸었다. 과학적으로 20분 이상 걸으면 기분이 좋아지는 효과가 있다고 한다. 녹색을 보며 걸으면 우울감도 사라진다. 오래된 친구라도 정치나 종교, 독서기호의 차이는 있다. 대화를 나누다 보면 상황이 다르니 이해 못 하는 부분들도 있게 마련이지만, 이 친구와는 막힘이 없다. 겉으로는 얌전한 모습이지만 대찬 면도 있다. 그게 내가 좋아하는 그녀만의 매력이기도 하다.

친구를 보면 그 사람을 알 수 있다고 했던가? 그럼 나는 과연 내 친구들에게 어떤 모습으로 비추어질까 궁금해진다. 긴 시간을 같이했다고 해서 상대를 다 알 수는 없다. 사람을 알려면 읽을 수 있는 눈이 있어야 한다. 성인이 되어서는 상대를 알아볼 수 있는 수준을 갖춰야 제대로 볼 수 있다. 헤아림이라는 덕목은 아마도 그런 데서 나오는 게 아닐까 싶다.

낙성대를 찾아간 날, 따뜻한 대접을 받았다. 화려하지는 않지만 소박하고 정성이 느껴지는 저녁이었다. 식사 후 그녀의 남편이 준비해준 와인으로 그동안의 회포를 풀었다. 가깝던 동네의 지기가 온다니 남편으로서 챙겨주고 싶었나 보다. 와인 병을 건네주며 "나는 한 잔이면 돼." 하고는 방으로 들어간다. 나는 이 부부의 이런 순진함이 좋다. 그 더운 여름밤, 낙성대 집의 베란다에서 흐르는 땀을 닦아가며 친구와 긴 이야기를 나누었다. 사실 나는 그날 와인 몇 잔에 많이 취했던 거로 기억한다. 마음 깊은 곳에서 흘러나오는 대로 나를 털어내었다. 편안한 시간이었다.

시아버님이 돌아가시고 홀로 계신 시어머니를 모시기 위해 이 부부는 다시 내가 사는 동네로 돌아왔다. 전과 별로 달라진 것 없는 일상이지만, 나는 낙성대 재래시장의 활기와 구불구불 돌아 언덕길을 올라가던 마을 버스를 기억한다. 우연한 인연으로 만나 같은 감정을 느끼고, 긴 시간을 함께한다는 건 쉽지 않은 일이다. 어쩌면 이들이 아니었으면 그곳은 지명 외에 다른 의미는 없었을 것이다. 하지만 지금 내게 낙성대는 따뜻한 추억이자 그리움으로 남아 있다.

서울대 맛보기

한미정

"다음 수업은 서울대에서 합니다." 조교는 서울대 교내지도와 대중교통으로 가는 방법이 나와 있는 프린트물을 나눠주었다. 교육 시작할 때 안내한 내용이라 알고 있었지만 바로 다음 주부터 서울대에서 강의를 듣는다고 생각하니 어깨에 힘이 들어가고 기분이 좋아졌다.

작년 가을에 서울시 시민정원사프로그램을 듣고 있었다. 시립대에서는 원예를, 서울대는 조경 쪽에 중점을 두어 강의했다.

강의가 있는 날, 우리 집에서 누구도 다니지 못한 서울대를 향해 가족을 대표해서 당당하게 갔다. 학교에 가려면 서울대입구역에서 내리지만 전철역에서 적어도 1.8km는 더 가야 한다. 5511번 버스는 '샤'자 닮은 교문을 통과했고 이리 돌고 저리 돌아 굽이진 오르막을 지났다. 낯선 학교인 데다 버스를 탄 채 교내까지 들어간다는 호기심과 긴장감이 의자 손

잡이를 꽉 잡게 했다. 그럴 필요 없다는 듯, 한 번씩 굽이칠 때마다 뻣뻣한 몸이 자연스럽게 풀어지고 마음도 그렇게 따라갔다. 버스는 국제대학원 언덕바지에 나를 내려놓고 구불거리며 계속 올라갔다. 내리고 보니 학교가 넓기도 하지만 언덕이 많아서 교내로 버스가 다닌다는 것에 고개가 끄덕여졌다.

낯선 곳에 불쑥 떨어뜨려진 아줌마는 두리번거리며 목적지 건물을 찾아야 했다. '좀 더 일찍 나올 걸, 지각이다.' 넉넉하게 시간을 잡고 나왔는데 이렇게 오래 걸릴 줄은 생각지 못했다. 지나가는 학생의 도움을 받아 내가 가야 할 환경대학원이 아직 한참 더 올라가야 있다는 것을 알았다. 한 걸음이라도 빨리 걸어야 했다.

마음은 마구 달리기를 하는데 늦가을 은행나무길이 눈에 들어왔다. 길 양쪽으로 쭉 늘어선 큰 나무들에서 무수하게 쏟아놓은, 바닥에 깔린 노란 은행잎이 어찌나 진하고 예쁘던지 살짝 과장해서 숨이 막힐 듯했다. 내가 유별나게 감탄한 이유는 시립대에서 잠깐이나마 원예를 막 배우고 난 뒤라 꽃과 나무에 대한 관심이 한껏 올라있을 때라서였다. 나무마다 세월의 깊이를 한 아름도 넘게 품고 있는 은행나무 길이었다. 단지 노란 은행잎들이 아름답다는 단순함이 아니라 고목에서 풍겨 나오는 엄숙하면서도 모든 것을 포용할 것 같은 기운에 겸손해졌다고 할까. '서울대 학생들은 행복하겠다. 머리도 좋지, 좋은 환경에서 매일 힐링할 수 있으니 얼마나 좋을까.' 한 걸음 옮길 때마다 언덕에서 내려다보는 풍경이 시선을 잡아끌었다. 핸드폰으로 사진 한 장 찍고 간다고 얼마나 더 늦어질까. 멈추고 싶은 마음이 굴뚝 같았다.

우리가 듣는 서울대 조경 강의는 자료가 양적으로 많았다. 수강생들 대부분은 집에 있는 작은 땅을 가꾸거나, 놀고 있는 옥상을 활용해 보고 싶어서, 아니면 조만간 전원주택을 본격적으로 꾸미고 싶어 하는 주부들이었다. 공부한 지 오래된 우리들이 이해하기 쉽도록 교수님들이 애써서 열강을 해 주셨지만 머릿속으로 잘 들어오지 않았다. 책에 있는 자료들은 더 어렵고 깊이도 있어 다시 보고 싶지 않게 생겼다.

강의 끝나고 나왔을 때는 이미 해가 져 있었다. 집에 가려고 교내에서 전철역까지 가는 버스를 탔다. 승객은 거의 서울대생들이었다. 퇴근 시간과 겹쳐서였는지 차가 막혔지만 네 정거장인 짧은 거리라 금방 갈 줄 알았다. 생각보다 시간이 많이 지체되자 나는 답답하고 점점 불쾌해졌다. 하지만 버스 안은 마치 아무도 없는 것 같았다. 보통 버스를 타면 사람들끼리 얘기 나누면서 웃고 떠들고 하는데 너무나 조용해서 말 한마디, 불평 한마디 들리지 않았다. 모두 지친 얼굴이었다.

학생들은 전철역정거장보다 한 정거장 앞에 도착하자 버스에서 모두 내렸다. 나는 그들이 다 내리는 이유를 몰랐고, 남은 한 정거장을 가는

2호선을 타다

동안 나의 인내심을 시험당하는 것 같았다. 알고 보니 학생들은 으레 한 정거장을 먼저 내려 지하철까지 걸었던 모양이다.

서울대 부근 교통이 좋지 않은 것은 주변에 관악산과 청룡산이 있어 도로를 쉽게 만들지 못했던 것이 큰 이유라 한다. 그나마 7호선 숭실대역이 생겨서 나아졌다. 그전까지는 서울대생들과 관악산 등산객, 여기에 숭실대 쪽에서 넘어오는 사람들까지 합해졌다고 하니, 많이 힘들었을 것 같다. 문제는 교내가 더 심각하다고 한다. 학교 안 순환도로는 도로교통법규를 적용받지 않아 자율적으로 움직인다. 그러다 보니 보행자보다 차량이 우선되는 상황이다. 서울대는 안타깝게도 캠퍼스 내 교통사고 발생률 1위 자리를 계속 지키고 있다고 한다.

교정의 너무나 멋진 늦가을 은행나무는 불편한 교통을 무던히 참아내는 학생들을 위한 선물인 것 같다.

봉천역을 가다

서정문

　　전철이 봉천역을 지난다. '봉천역입니다. 봉천역에 내리실 분
은 오른쪽 문을 이용해 주세요.' 문득 오래전에 이 근방에서 작은 음식점
을 개업한 옛 부하가 생각난다. 그때 그곳을 찾아보고 난 뒤, 나도 이곳
저곳 부대를 옮겨 다니다 보니 잊어버리고 살았다. 이제는 나도 군을 떠
난 지 몇 해. 무심하였던 건지 아니면 군 생활을 하면서 여유가 없었던
건지 그의 소식을 다시 듣지 못하고 있다. 전철은 내릴 승객을 부려두고
다시 문을 닫는다.

　　최전방 비무장지대 근방에서 함께 근무했던 전우를 찾아가는 길. 군
에서 함께 근무한 부사관이 있었다. 그는 오랜 군 생활을 접고, 서울로
나왔다. 평소 음식 솜씨가 좋았던 그의 부인이 작은 음식점을 개업하였

단다. 식당을 개업하였다는 소식을 듣고, 팔아주기도 할 겸 전우의 얼굴도 볼 겸 식당을 찾아 나섰다. 지하철을 타고 가다가 봉천역에서 내렸다. 좁은 길을 돌아 겨우 간판도 작은 음식점을 찾을 수 있었다. 반갑게 맞아주는 그는 군복 대신 허름한 작업복 차림이었다. 아직 직장을 얻기 전이라 우선 부인의 식당에서 일을 도와주기로 하였단다.

그는 착실하고 유능한 수송부 부사관이었다. 키도 그리 크지 않고 몸집도 작은 사람이었다. 그러나 자그마한 덩치 속에 야무진 눈빛. 언제 봐도 선한 이마, 날렵한 손놀림. 금방 보아도 몸에서 절로 성실하고 부지런함이 배어나는 모습이다. 각종 차량이 유난히 많은 부대여서 늘 차 사고가 걱정되었다. 그런 일상에서 그는 항상 정비복 차림으로 차량을 정비하고 관리하는 일에 매진하였다. 매일 아침 병사들이 일어나서 차량 점호를 할 때, 꼼꼼하게 점검표를 만들어 사용하게 하였으며, 차량이 부대를 출발하기 전에 일일이 점검표를 들고 다니면서 운행할 차량을 점검하게 했다.

그날 운행할 운전병들의 컨디션이 운전하기에 적절한지를 판단하고자 바이오리듬 표를 만들어 사용하였다. 운행을 위해 차량 앞에 서 있는 운전병들의 얼굴을 하나씩 살펴보면서 걱정스러운 빛이 없는지를 확인하였다. 운행 전날, 야간 보초 근무로 인해 잠은 설치지 않았는지 등을 확인하고 난 후 운전병들을 부대 밖으로 내보냈다. 저녁 무렵, 부대를 나갔던 차량이 무사히 부대로 복귀하지 않으면 퇴근을 하지 않았다. 그런 철저한 점검 때문이었나. 지휘관으로 근무하는 2년 동안 큰 차 사고가 일어나지 않았다.

'근무는 이렇게 하는 것이야.'를 말해주려는 듯 그는 정말 철저하게 검사하고 관리하였다. 그렇게 근무하던 그가 이제는 작은 식당 앞길까지 나와 맞아주면서 활짝 웃는다. 그는 식당의 작은 홀에서 물을 떠 오고, 음식을 나른다. 왠지 다소 서툰 행동이지만 열심히 하려는 모습은 여전하다.

부인의 정성스러운 음식을 한 상 받아 그 전우와 함께 소주잔을 기울인다. 주로 이야기는 군에서 같이 근무했던 것으로 이어진다. 수송부 사무실에 근무하는 김 상병의 이야기도 나오고, 정비실에서 있었던 내가 알지 못하는 이야기들도 흘러나온다. 지난 이야기와 앞으로 어떻게 살아갈 것인가를 이야기하다가 그만 그의 두툼한 손을 잡고 가슴이 울컥하였다. 군에서 내가 알지 못하는 일들을 들으면서 좀 더 세심하게 부하들을 위로하고 감싸주지 못했음에 가슴이 아팠다.

짠한 가슴으로 다소 어두운 골목길을 한참 걸어 나와 봉천역으로 향했다. 몇 번이나 뒤를 돌아보면서 인제 그만 들어가라고 손을 흔들었다. 골목길 불빛 아래 다소 작은 그의 키가 더욱 작게 느껴지는 걸 보면서 골목을 돌아 나왔다. 전철역으로 가는 길을 걸으면서 무언가 묵직한 것이 가슴을 짓누르는 것을 느끼지 않을 수 없었다.

그는 지금 어디서 살고 있을까. 그 음식점도 몇 년 하지 않고 먼 시골로 이사를 했다고 하던데. 그 선한 눈매와 꼼꼼하게 차량을 어루만지던 그 손길도 여전하겠지.

친구가 생각나는

이동석

　　모처럼 입사 동기들끼리 번개 모임을 했다. 중국 지사에서 근무하던 친구 부부가 친구들을 만나고 싶어 해서 시간 되는 친구들만 모이기로 했는데 열세 명 정도가 모였다. 40여 년을 만난 친구들이니 반가울 수밖에 없다. 아내가 미국교포라 친구도 미국에 산 지 삼십여 년이 되었는데, 같은 계통에 일하고 계속 연락을 하고 지내니 더 반갑다.

　　여자친구가 유별나게 많았던 그 친구에 대한 일화는 많았다. 한번은 나한테 여자한테 전화가 왔다고 바꿔 주었는데 전혀 모르는 목소리였다. 그 당시에는 여자한테 전화가 많이 오면 상사한테 찍히는 사람이 되니 다른 사람한테 전화해서 바꾸어 달라는 잔머리를 쓴 것이었다. 화가 난 내가 화장실로 불러서 한바탕 핀잔을 주니 제발 봐 달란다. 가끔은 술

자리에 자랑하려고 여자친구를 데려왔다. 짓궂은 친구들이 친구 별명을 부르면서 "G야, 저번에 만났던 그 여자 친구와 얼굴이 좀 닮았다." 하면 얼굴이 발개진 여자 친구가 비슷한 여자 친구는 누구이고 G는 무슨 소리냐고 물어본다. 그러면 넉살 좋은 친구는 네가 이뻐서 놀리는 거고, G는 내가 회사에서 깔끔하게 청소를 잘해서 친구들이 붙여준 별명이라고 너스레를 떤다. 넉살과 여자 사귀는 재주는 일가견이 있었다. 어머니를 일찍 여의어서인지 그 친구는 단골 주점의 여주인을 대부분 '엄마'라고 부른다. 여자 주인은 친구만 가면 반색을 하곤 했다.

군대에 갔다가 온 후에 대우조선으로 회사를 옮겼는데, 회사와 기술 제휴하는 미국 회사의 여직원과 사귀게 되었다. 그 여직원이 지금의 미국 교포였던 아내이다. 다행히도 동남아로 장기 출장을 2~30년 이어온 남편을 한국적인 면으로 이해를 해주니 고맙다. 한국에 사는 기러기 아빠들이 나중에 가정이 파탄 난 경우를 가끔 보아서이기도 하다. 미국은 3개월 이상을 떨어져 있으면 이혼 사유가 된다는 말을 들은 적이 있다. 이민 간 후에 오십 년 이상을 미국에서 살았는데 한국적인 사고방식과 친구를 사랑하는 모습이 보기 좋다. 그리고 아들과 딸을 낳아서 잘 키우고 있으니 정말 다행이다.

고등학교 동문이자 입사 동기여서 그 친구와의 추억이 많다. 입사 초 친구들과 술을 먹다 술에 취해서 친구의 집에 가게 되었다. 40여 년 전에 신림동 개울 옆 도로에서 산길을 올라가서 산 밑에 있는 친구 집에 술 취해 들어갔으니 지금 생각하면 참 민폐였다. 어머님이 돌아가셔서 형수가 데리고 사는 시동생이 술에 취해 친구를 데리고 왔으니 지금 세상이면 쫓겨났을 것 같다. 친구에게는 둘째 형이 있었는데, 우리가 가면 그 형이 술을 가지고 와서 한잔을 더 하면서 형님의 이야기를 들었던 기억이 난다. 아침에 형수님은 보이지 않고 밥상만 차려져 있었다. 우리는 아침을 먹고 같이 출근했다. 아마도 형수님이 다른 일을 하시는 것 같았다. 참으로 눈치 없는 시동생과 친구였다.

친구 집에서 내려오는 길은 시골처럼 드문드문 집과 가게가 있었고 한참을 걸어야 버스 정거장이 나왔다. 지금은 개울이 거의 덮였고 그 위로 도로가 생겼으니 천지가 개벽했다고 할 수 있을 것 같다.

신림역은 관악산 기슭에 숲이 무성한 데서 유래되었다. 서울대에서 멀지 않아 고시촌이 아직도 많은 곳이니 많은 인재가 이곳에서 배출되었을 것이다. 요즈음 학교나 학원 근처에 성황 하는 원룸촌이 고시촌에서 유래되지 않았나 생각해본다. 고시촌이 많아서인지는 몰라도 신림역 주변에는 가격이 저렴한 음식점과 주점이 많다. 늦은 저녁 역 주변에 여자친구의 가방을 들고 깔깔 대며 걸어가는 한 쌍을 보니 미국에 사는 옛 친구가 생각난다. 술 좋아하고 사람 좋아하는 그 친구는 지금 무엇을 하고 있을까?

닮은 꼴

박기수

이번 지방선거에도 우리 동네에는 예상대로 지상철의 지하화 공약이 걸렸다. 20년 넘게 반복되는 공약이다. 공약公約이 공약空約이 된 지 오래다.

연전, 신대방동 보라매공원 주변에 모임이 있었다. 술자리니 전철로 가야 했다. 퇴근 시간임에도 승객들이 우려만큼 많지는 않다. 신대방역은 우리 동네 건대입구역과는 거의 대척점에 있으니 한동안 핸드폰 삼매경에 빠져도 될 법하다. 그런데 예전 전철로 출퇴근할 때 기억들이 되살아나며 핸드폰에 집중할 수 없다.

연착이 없는 전철은 처음부터 서민들의 발이었다. 출퇴근 시간에만 주로 이용하다보니 전철은 늘 만원이었다는 기억밖에 없다. 언제부턴가 승객을 전철 안으로 밀어 넣어주는 푸시맨이 생겼는데 기운 팔팔한 젊은 나조차 그들이 밀어줘야만 승차할 수 있었던 때도 적지 않았다. 그렇게 만원이니 전철 안에서는 손을 움직일 수 없고 시선을 둘 데도 없어 난감한 경우가 많았다. 보이는 것이 없는 지하 구간에서는 더욱 곤혹스러웠다. 그러다 지상으로 올라오면 창밖이 트이며 해방구에 들어선 느낌이었다.

오늘 구간은 지상철인 건대입구역을 출발해 몇 정거장 뒤면 대부분 지하 구간을 달린다. 승객이 많지는 않지만 갑갑한 지하를 내내 서서 갈 일이 걱정된다.

건대입구역 가까이로 이사하니 이전에는 관심도 없던 것들이 보이기 시작했다. 타고만 다닐 때는 모든 구간을 왜 지상철로 하지 않았는지 불만스럽기까지 했었는데 인심이 참 간사하다. 전철이 지날 때마다 굉음에 이맛살을 찌푸려야 했다. 철로 주변 주민과 상인들의 소음 스트레스가 적지 않았다. 소음이 있는 곳에는 으레 분진도 따라 다녔다. 그뿐인가. 도심 속 흉물 화석이 된 지상철은 지역 주민들에게 여러모로 피해를 주었다. 도로 중앙을 차지한 지상철의 기둥은 가뜩이나 좁은 차선 하나를 잡아먹으며 원활한 차량 흐름을 방해하였다. 또 콘크리트 기둥에는 늘 불법 광고물들이 덕지덕지 붙어 있어 거리 미관을 해쳤고, 건물 4~5

층 높이의 지상철은 장벽이 되어 동네를 갈라 쳐 상가 등의 가시성을 떨어뜨리며 그만큼 토지와 건물의 가치도 떨어뜨렸다. 지상철 동네로 이사 오니 지상철 구조물은 백해무익한 것이었다.

서울시도 폭증하는 주민들의 불만을 계속 모르쇠로 일관할 수 없었나 보다. 몇 년 전 지하화 타당성 조사를 전문기관에 의뢰하였다. 그러나 지하화는 수익성이 부족해 불요불급한 것으로 결론이 났다. 늘 부족한 예산으로 할 일 많을 서울시를 이해하지만 주민의 한 사람으로서 실망스럽고 납득할 수 없는 결과였다.

지상철로 빠져나오며 조선족 말투가 잦은 걸 보니 내릴 역이 가까웠다. 40분을 달려 오랜만에 신대방역 플랫폼에 섰다. 언제 왔는지 기억조차 가물가물하지만 역사驛舍도 그렇고 주변 동네도 바뀐 것이 없는 것처럼 보인다.

그중 하나 창밖으로 의외의 네온 간판이 보인다. 은행들이 공동 출자해 만든 현금수송회사 간판이다. 근무하던 은행을 대표해 설립 발기인으로 참여했었다. 은행 노조들의 강력한 반대에도 회사는 설립되었고, 뒤에 그때 사둔 땅에다 본사를 건설한 모양이다. 설립 후 회사가 잘 유지될까 염려했는데 어느새 중견 기업으로 성장했다. 길 가다 그 회사 차량들을 보면 산파역을 맡아선지 여러 추억들이 교차하곤 했다.

역사를 내려서니 포장마차가 제일 먼저 반긴다. 이제 공인중개사로서 다시 보니 포장마차뿐 아니라 지상철로 물길 위에 건설된 것까지 건대입구역과 닮았다. 역사 주위로 옥탑과 지하실이 있는 다가구주택이 많은 점도 흡사하다. 심지어 조선족을 비롯한 중국인들이 많다는 점까지 그렇다. 누군가 같은 모양으로 설계를 해둔 것 같다. 도로에 내려서니 도림천 오수 악취가 진동을 한다. 그래도 우리 동네는 복개하여 냄새가 없고, 도랑 위에 전철이 서 있다는 사실조차 아는 사람이 드문데…. 서울의 전철역에 아직도 이런 곳이 있다는 사실이 새삼 놀랍다.

역 앞에는 한림대 강남성심병원행 지역버스가 지하철 승객을 기다리며 붕붕 댄다. 큰애가 태어난 병원인데 이 역에서 가깝다. 제왕절개를 해달라고 통사정하던 아내를 달래며 열 시간 가까이 복도에서 안절부절 빌었던 기억이 생생하다.

돈이 모자라 장위동 친구 집에서 신혼을 시작했는데 멀리 대림동으로 출퇴근하던 아내가 힘들어했다. 하는 수 없어 그때는 없던 7호선 신대방삼거리역 부근 빌라로 서둘러 이사했다. 아내 직장이 가깝고 처형도 거기 살고 있어 두루 도움이 될 성싶었다. 동서네와 틈만 나면 어울렸다. 그새 장인 장모께서 돌아가셨고, 그 동서는 폐암 말기 환자가 되어 지금 사경을 헤매고 있다. 세월이 무상하다. 아내 고교도 그 근처로 이전했는데 아내는 먹고 살기 바빠 한번도 가보지 못했다며 투덜대곤 했다. 또 우리를 중매했던 친구가 명퇴 때 쓰러져 한동안 입원해 있던 보라매병원도 가까이 있다. 돌이켜보니 근래 나와는 상관없는 듯했던 이 동네와의 인연도 적지는 않았다.

그러나 무엇보다 이 역이 내게 선명하게 다가선 것은 정비되지 않는 주변, 도랑 위의 지상철 등 건대입구역과의 공통점이었다. 이제 모두 부자가 된 2호선 지하 구간 동네에 비해 저렴한 부동산 가격까지 같이 오버랩 된다. 당시 지하철과 지상철은 무슨 기준으로 구분 설계되었을까? 나도 어느새 저급한 물신주의자로 타락한 것은 아닐까….

지하화 불가를 발표할 때 시장님이 이번 선거에서도 압승하였다. 국지적 민원 따위는 재선에 전혀 장애물이 되지 않았다. 이분 임기 중 지하화가 다시 논의되기는 쉽지 않으리란 걸 예측하기는 어렵지 않다. 그럼에도 주민들의 지하화 요구는 멈추지 않을 것이다. 정치인들은 또 다음 선거에 지하화를 공약으로 내걸 것이다. 공공사업의 우선순위가 어떻게 입안되고 결정되는지 신대방역도 묻고 있는 듯했다.

타고 돌아갈 또 한 대의 열차가 가쁜 숨을 몰아쉬며 미끄러져 들어온다. 한동안 시골 고향보다 더 오래 잊고 살아온 동네다. 연고가 없으니 언제 다시 올지 모른다. 언제든 없어져야 할 지상철 역이니 다시 눈에 깊이 새긴다.

신대방역 주위는 여러모로 우리 동네 건대역 주변과 많이 닮았다. 개울 위를 지나는 지상철이 그렇고, 주위가 단독주택이 많고 저개발, 난개발 상태인 점도 그렇다. 신대방역사 아래 조성된 도림천 산책로를 따라 걷는 시민들 모습이 보인다.

구로디지털단지역은

이동석

아홉 노인이 살고 있었다고 하여 구로동이라 하고, 수출산업
공단이 있어 구로공단역이라는 이름을 붙였는데, 2004년 7월부터는 수
출산업공단이 디지털산업단지로 전환되어 구로디지털단지역으로 이름
이 바뀌었다고 한다.

오늘은 구로디지털단지역에서 내려 2번 출구 쪽으로 향했다. 구름다
리식의 다리를 건너는데 예전에는 사람이 많이 건너면 조금씩 움직임이
있어서 무너지면 어떻게 하나 하는 두려움이 있었다. 요즈음에는 보강
공사를 했는지 많은 인파가 몰려가는데 그런 느낌이 없어 다행이다.

음식점에 유난히도 젊은 사람들이 많은데 모두 즐거운 표정이다. 생
동감이 넘쳐 흐른다. 퇴근 후에 회식하는 것 같다. 내 친구들의 목소리도
정겹다. 스스럼없는 반말에 옛 추억에 대한 무용담과 나이에서 오는 건

지 목소리가 점점 커진다. 반가운 마음에 시간이 언제 가는지 모르게 지나간다. 42년 전에 만난 입사 동기들이 역 근처 음식점에서 분기별로 모임을 한다. 이제는 직업도 직장도 서로 다르다. 30여 명의 친구 중 몇 명은 사정이 있어 이십여 명만 모일 때도 있다.

친구들 직장이 근처에 많이 있어서 모임 장소를 구로디지털단지역으로 정하는 경우가 많다. 나도 이곳에 옛날 다니던 회사의 협력사가 있어 6개월 정도 파견 생활을 한 적이 있어 익숙하다.

구로디지털 버스 정류장이 전국에서 가장 많은 승객이 내리고 타는 곳이라고 신문에 나온 적이 있었다. 지하철역 또한 출퇴근 시간 때는 사람이 밀려서 타고 내리는 상황이다. 승객이 역을 벗어나기도 전에 다음 전철이 도착해서 난감할 때도 많다.

역 주변에는 많은 먹거리 집들이 모여 있다. 쇼핑몰과 대형마트도 있어 편리하다. 걸어서 25분 정도에 있는 가산디지털단지에는 각종 스포츠웨어, 양복 등을 파는 단지가 많이 있다. 외국 여행자들도 싸게 구매를 할 수 있다고 하여 여행 코스로 되어있다. 고급 메이커들이 같이 입점하여 일 년 내내 세일과 이월 상품을 이용할 수가 있어서 고급 브랜드 소비자들이 자주 찾는 곳이기도 하다.

구로디지털단지역은 70년대에 수출산업공단 구로공단이 있었던 곳이다. 이곳에 있던 많은 여자 기능원들이 산업 일꾼이 되어 밤낮으로 애를 썼다. 그들의 힘으로 우리나라 수출과 경제 개발에 시발점이 되었던 역사가 깊은 곳이다. 지금은 테헤란로 쪽에 있었던 다양한 지식 산업회사들이 임대료가 싸고 은행 융자가 저렴해 아파트형 건물에 많이 입주했다. 회사의 종류도 다양하다. 정보통신, 소프트웨어, 컴퓨터 관련 개발, 미디어, 애니메이션 등등 종류를 헤아릴 수 없을 만큼 다양하다. 미국에 실리콘 밸리를 모토로 했다는 말도 있다. 근처에 있는 가산디지털단지까지 생각하면 상당히 넓은 지역에 지식 산업단지가 구성되어 있다고 생각한다. 경제 산업의 제3 도약을 이곳에서 한다고 생각되니 참으로 의미가 있는 곳인 것 같다.

아홉 명의 노인들이 지혜를 주셔서 가난했던 우리나라가 다른 나라에서 부러워하는 발전을 이루도록 도운 걸까? 가족들과 떨어져 열사의 나라에까지 다녀온 친구들이 어느새 백발 성성한 노인이 되었다. 아홉 명의 수호신 같은 노인은 아니지만 우리는 이십여 명의 노인이 되어 구로디지털단지역, 먹거리 시장에서 건배를 한다. 이 나라를 위해, 산업역군이었던 우리의 42년 우정을 위해!

**233
대림역**

큰 숲처럼 좋은 기운을 주길

이동석

대림역 근처에 있는 음식점에서 친구들과 만나기로 했다. 가끔 만나 서로에게 덕담을 나누며 술 한잔하는 친구들이다. 보통은 세 명이 만나는 데 오늘은 네 명이 만났다. 우리는 입사 동기다. 학교를 졸업하기도 전에 대림산업에 입사하게 된 우리는 대림엔지니어링 1기생이다. 전철역 이름도 대림이니 역을 향해 걷는 발걸음이 오늘은 더 가볍다.

중국 연변 쪽에 있는 자치주와 백두산에 다녀온 여행기를 수필가 못지않게 사진을 곁들여 올려준 친구가 반갑게 맞아준다. 마치 내가 다녀온 것처럼 재미있게 읽었다고 하자 친구가 활짝 웃는다. 사진작가로도 활동하는 재주 많은 친구이다. 사업도 잘되고 가족 관계와 부부 금실도 좋은 본받을 만한 친구라 만나면 항상 즐겁다. 동기들만의 인터넷 카페에 올린 여행기에 댓글을 단 친구가 유난히도 많았다. 그래서였는지 한 잔 사겠다고 하여 우리는 대림역 주변에 있는 중국 음식점 2층에서 만나기로 한 거다.

친구가 중국어로 음식과 술을 주문했는데 의외로 잘 통한다. 중국어를 배운 지 일 년도 안 되었다고 하는데 내가 보기엔 무척 잘하는 것 같다. 주문해서 나온 음식은 우리 입맛에 맞았다. 중국 술을 곁들이니 중국의 어느 도시에 온 기분이었다. 음식점 인테리어도 중국풍인 데다 중국 사람들이 많은지 중국말 소리가 들리니 출장 와서 친구와 만나는 기분이다. 한 친구는 카카오톡에 항상 절기를 올려주는 부지런한 성격에 붓글씨도 잘 쓴다. 다른 친구는 카페의 문을 열고 계절마다 멋있는 풍경을 올려주는 좋은 친구다. 친구들과 이야기를 나누다 보니 세월은 어느새 옛 추억으로 되돌아간다.

우리는 1974년도에 만났다. 그때 소주는 120원, 파전은 250원 할 때였다. 우리는 오백 원씩 걷어서 명동에 있는 낙동강이라는 음식점 2층 다락방에서 가끔 술을 마셨다. 어떨 때는 술이 과해서 회사에 출근 못 했을 때도 있었다는 어느 친구의 이야기에 우리는 공감하며 이제는 이런 이야기에도 마음껏 웃을 수 있는 나이가 되었다고 했다.

여기 온 친구들 모두 대림에 대한 깊은 추억이 있지만 나도 그렇다. 큰 아들이 한창 말 배울 때, 아내가 "아빠 어느 회사 다녀?" 하면 아들은 혀 짧은 소리로 "우리 아빠는 다리미 다녀요."라고 했다. '대림'이라는 발음이 안 되어 '다리미'라고 해서 여러 사람을 웃게 했던 기억이 새롭다. 어느새 그 애가 커서 두 아이의 아빠가 되었고 둘째 아들도 아들이 둘이니 나는 손자만 넷 둔 할아버지다.

대림은 나에게 가정을 이루고 자식을 키울 수 있게 해 준 곳이다. 여러 번의 시련도 있었지만, 나무가 모여 큰 숲을 이루는 '大林'이라는 이름처럼 대림은 우리 가족의 버팀목이 되어 주었다.

2호선과 7호선이 서로 만나는 환승역인 대림역은 대림동의 지명을 따서 만든 역이다. 이곳에 오면 중국 어느 곳에 온 것인가 하는 착각을 할 경우가 가끔 있다. 조선족과 한족 등 중국에서 온 사람들이 많이 살고 있다. 가끔 텔레비전에 마약과 폭력으로 관련된 사건이 이곳에서 발생했다는 뉴스를 접한다. 그러나 실지로 와서 보면 많은 사람이 활기차게 살아가고 있다. 또한, 중국에서 맛보았던 음식들을 이곳에서 쉽게 접할 수 있다. 양고기, 만두, 면 종류 등 다양하다. 중국 여행에 다녀온 사람들은 여행의 추억도 되살릴 겸 해서 이 근처에 있는 음식점에 오는 사람들이 많다고 한다.

대림이라는 이름은 나에게 좋은 인연을 많이 주었다. 친구와 사회 선배들, 우리와 관계를 맺었던 회사 사람들과의 만남도 만들어 주었다. 대림역의 한자 이름처럼 이 근처를 찾아오는 많은 사람에게 큰 숲과 같이 좋은 기운을 주었으면 좋겠다. 서로를 칭찬하고 덕담을 나누는 내 친구들처럼.

이동석

계단을 내려가는데 앞뒤 사람이 거의 붙어서 내려간다. 예전에는 이 역에 탑승 도우미가 있었다. 문을 닫을 수가 없어 사람을 밀어주고 사람이 전철 사이에 빠지는 것을 살피던 공익 요원들이었다. 전철이 증차 되어선지 요즈음엔 없는 것 같다. 문래역 쪽으로 가는데 사람이 너무 많아 차 한 대를 보내고 다음 차를 탈 수밖에 없었다. 1호선과 2호선의 환승과 까치산으로 가는 2호선 지선이 있어 전철역 중에서 제일 혼잡한 역인 것 같다.

차를 가지고 출근하면 서울의 중심부를 통과하니 전철과 비슷한 시간이 걸려서 휴일 근무 때에만 차를 가지고 간다. 회사 끝나고 별도로 운동할 시간이 없어 전철로 출근하기로 했다. 역까지 걷고 계단을 올라가고 하루에 1만 4천 보 이상을 걸으니 운동량도 괜찮은 것 같다. 물론 점심에 꼭 산책하니 그런 숫자가 나올 것이다.

직장 동료가 신도림에서 회사까지 걸어오는 데 25분 걸린다고 한다. 운동을 잘 안 하는 다른 동료 때문에 한 이야기인데 나도 그렇게 하면 좋을 것 같았다. 문래역까지 가서 걸어서 회사까지 20분 정도 소요되니 그것도 좋은 생각이었다.

오전 8시 5분경에 역에서 내리면 만나는 사람도 다양하다. 선거철에 한 사람은 국기를 옆에 두고 애국가를 우렁차게 부른다. 어떤 사람이 신고했는지 경찰 두 명이 주변을 맴돈다. 선거 기간이고 그 사람 선거 방법이 애국가를 부르는 것이니 단속할 방법이 없어서 그런 것 같았다. 그 사람은 선거가 끝나는 날에 자기가 사는 곳으로 간 것 같다. 1번 출구 역 밖으로 나오면 주먹밥 아줌마가 열심히 장사하고 조금 더 가면 스님의 시주 목탁 소리가 도시의 소음과 조화롭게 어울린다. 작은 광장을 지나 계단을 오르면 큰길 횡단보도에 다다른다. 모두 힘차게 자기의 목적지로 양방향을 향해 걷는다. 직각으로 이어진 두 개의 횡단보도를 건너면 도림천 둑이 시작된다.

그곳에서 유모차를 보았는데 아이는 보이지 않는다. 자세히 보니 사십 중반의 아줌마가 개 세 마리를 매일 산책을 시키는 것이었다. 개가 참 이뻐서 종류를 물어보니 포메라니안이라고 한다. 개가 참 영리해 보였다. 그 아줌마가 아기도 아닌 개를 매일 산책 시키는 사연이 궁금했지만 물어보진 못했다. 매일 눈인사만 한다. 뚝 입구에는 공중 걷기, 팔 돌리기, 허리 돌리기, 옆으로 허리 돌리기, 앉아서 팔 운동하기 등을 할 수 있는 운동기구가 있어서 한 번씩 해본다.

출근까지 50분의 여유가 있으니 나만의 헬스장이다. 벤치는 걸어가는 중간마다 있어서 팔 굽혀 펴기를 계속한다. 집에서 일어나 출근할 때까지 600개 정도를 했으니 꽤 많은 팔 굽혀 펴기를 하는 셈이다. 같은 집에 사는 손자를 안아주기 위해서 시작한 팔 굽혀 펴기다. 그러고 보면 손자가 효손이다.

가끔은 노숙자가 벤치에 누워 있고 빠른 걸음으로 산책을 하는 부부도 만난다. 출근하는지 매일 만나는 아줌마 아가씨들은 나와 반대 방향으로 신도림역을 향해서 걸어간다. 그리고 여러 명의 복면 아줌마들을 만난다. 그녀들은 트로트 음악을 크게 틀며 걷는다. 요즈음 인기 프로인 〈복면 가왕〉이 떠오르는데 아무리 피부 보호 때문이라고 해도 그녀들의 얼굴이 궁금하다. 느티나무가 양쪽으로 이어져 햇볕이 가려진 시원한 길을 5분 정도를 걸으면 가끔은 오소리를 만난다. 오소리가 덤빌까 봐 조금은 신경이 쓰였다. 며칠 전에 어떤 부부가 오소리한테 먹이를 주길래 물어보았더니 너구리라고 했다. 너구리는 오소리보다 사납지 않으니 다행이다. 엄마 아빠 새끼 네 마리가 주변에 살고 있다고 한다. 사람이 주는 음식을 귀엽게 받아먹으니 사람이 기르는 개 같이 보인다. 느티나무가 끝나면 벚나무 길이 이어진다. 벚꽃이 필 때는 장관이다. 여의도에서 인파에 질린 사람들이 알음알음 이곳으로 꽃구경을 온다. 도림천에도 자전거길과 보행자 길이 있어 출근 시간인데도 산책하는 사람과 자전거 타는 사람을 많이 볼 수 있다. 갈대와 어우러져 활기차 보인다.

　우연히 도림천 끝 쪽에 있는 신정 1교 다리 밑에서 40년 전의 입사 동기를 만났다. 커피를 한잔하려고 간이 노상 커피점에 앉아 있는 친구를 본 것이다. 직장이 없어져 아침에 일찍 일어나지니 자전거를 탄다고 한다. 이렇게 우연히 만나니 죄짓고는 못 산다고 하는 옛말이 있나 보다.

　산의 형국이 마을을 성처럼 둘러싸고 있어서 도림리라고 한 마을 이름을 따서 신도림역으로 지은 것이라고 한다. 신도림역이 나에게 건강과 사색하는 시간을 준다. 여러 사람과 만나고 자연과 만나면서 하루를 시작하는 활력을 선물 받는다. 그래서 남들은 신도림역 하면 인파에 밀려 피곤하다고 해도 나는 '신도림역'이라는 말만 들어도 기분이 좋다.

그 언저리에 머물다

곽영분

차디찬 바람이 거리를 휘저으며 코트 속으로 파고든다. 친구와 만나기로 한 지하철 출구 앞 도로로 바람이 쌩쌩 달린다. 초록색 번호판을 단 승용차가 미끄러지듯 내 앞에 멈춰 선다. 친구의 모습이 차창 속에 비춘다. 마중까지 나와 줘 고맙다는 말에 그녀가 손짓으로 가리킨 계기판은 연식을 거스른 채 2만 8천 km 조금 넘기고 있다. 정비 삼아 가끔 운행해줘야 한다며 단번에 나의 미안함을 누른다. 칼바람에 얼얼해진 코끝이 알싸하다. 잽싸게 올라탄 승용차의 외형은 깨끗하지만, 듣고 보니 어딘지 모르게 투박하다. 승용차는 이십여 년 전 문래동 그 언저리에 머물러 있다.

갑작스러운 사별로 친구는 혼자 가정을 꾸렸다. 더러 아이들의 기쁜 소식을 전하기는 했지만, 다음에 보자는 기약 없는 그 말은 매번 말뿐이다. 십오 년 남짓 만나지 못한 시간이 징검다리처럼 경중경중 지나갔다. 그러나 이제는 다음 만날 날짜를 정해 놓고 헤어지며 마음을 나누고 있다. 이번에는 신촌도 인사동도 아닌 자기 집에서 보자고 한다. 예기치 않은 장소에 먼저 든 생각은 놀라움이었다.

친구는 옥빛 접시에 말랑말랑한 호박떡을 올리고 차를 따라 주었다. 취미로 만들어 선이 매끄럽지 않고 투박하다 했지만, 내겐 그런 자연스러움이 더 좋아 보였다. 집안 곳곳에서 묵향이 났다. 홀로서기 위해 켜켜이 쌓은 시간이 그녀를 서예 작가로 만들어 주었다며, 소파 팔걸이며 식탁 위에 맛깔나는 솜씨로 응용된 서예 소품들이 고스란히 놓여있다.

둘이 들어서기엔 좁은 주방에서 친구는 비빔밥을 뚝딱 만들었다. 압력밥솥으로 갓 지은 밥에 아삭한 김장 김치와 고소한 전이 곁들여졌다. 엊그제 남편 기일에 골고루 만든 음식이리라. 오랜 시간이 흐르도록 먼 거리를 마다치 않고 시누님과 시동생, 친정 남매들이 여럿 모인다는 말에 그렇게 살지 못하고 있는 나는 어쩐지 마음 한편이 작아지는 듯했다. 그 밤, 미처 돌아가지 않은 형제들이 복작이며 나란히 누웠을 그림이 어린 시절 고향 집을 보는 듯 정겨웠다.

집으로 사람이 모인다는 말이 발바닥에 전해지던 거실의 온기처럼 따뜻하다. 인생의 삶은 오직 한번 뿐이라는, 욜로(You Only Live Once)라

하며 개인 성향이 짙은 요즘에 그런 정서를 지닌 친구의 형제들이 놀랍고 부러웠다. 서너 가지 나물 반찬으로 쓱쓱 비벼 먹는 비빔밥은 친구의 손길이 닿은 집안 소품처럼 입안에 착착 붙었다.

가족이 아닌 사람들과 함께 집밥을 먹은 지가 언제인지 내겐 기억도 희미하다. 한때는 나도 가끔 손님치레를 했다. 간단한 식사 준비로 또래 아이가 있는 친구 가족을 맞기도 했다. 아들딸이 자라며 여러 바쁘다는 이유로 간편한 것만 좇다 보니 으레 식사 모임은 외식으로 대체되었다. 손님 맞을 생각을 하다 보면 손이 굼뜬 나는 전날부터 힘이 빠지기 일쑤였다. 부모님 생신이나 집들이 때도 예외는 아니었다. 살면서 주머니에 조금 여유가 생긴 것도 이유라면 이유였을까. 분명 처음엔 언제나 먹는 그만그만한 집밥이 아닌 새롭고 맛있는 음식을 사드린다는 이유였다. 그때마다 부모님도 흡족해하시곤 했다. 며느리든 딸이든, 누구 하나 힘든 준비 없이 편안하고 맛있는 자리를 오히려 좋아하셨다. 그러나 입맛도 옛 맛이 그리워지는 걸까. 언제부턴지 소박한 나물 반찬과 구수한 된장찌개가 맛있어졌는데, 집밥을 준비하는 번거로움이 선뜻 외식으로 달려가는 마음을 잡지 못한다.

언뜻 떠오르는 문래동은 아직도 낡은 철근 가게가 즐비한 동네이다.

몇 년 전부터는 공장이 있던 자리에 비싼 임대료를 피해 젊은 예술인들이 모이며 예술 창작촌이 만들어졌다고 한다. 서울의 여느 지역처럼 우뚝 솟은 아파트도 많았지만, 친구를 통해 만난 그곳엔 옛정도 아직 남아 있다. 친구의 거실에는 수시로 사람이 모였다. 대학 다니던 조카를 결혼할 때까지 품고 있었다는 친구에게선 오랜 시간 숙성된 항아리의 달콤한 발효 향이 났다. 감나무 옆으로 햇빛 쏟아지던 고향 마을 장독대가 보였다. 그녀에게 한자 지도를 받으며 가끔 허기를 채우던 학생들도 그녀 식탁의 따스함을 배우지 않았을까.

친구보다 넓고 휜한 우리 집엔 손님이 들르지 않은 지 오래되었다. 깔끔을 떨던 젊은 엄마였던 나는 집으로 사람을 들이는 일에 엄벙덤벙 마음을 열지 않았다. 나와 남편이 맏이가 아닌 것도 있지만, 양가 모두 당일 생활권으로 근접 거리에 거주하고 계셔 우리가 찾아뵙는 것도 한 이유였다. 친척과 지인들이 벚꽃이 예쁜 아파트 주변 산책길로 집들이 겸 봄나들이 왔을 때도 집에서는 다과만 나눴다.

베란다 너머로 거실 깊숙이 비추던 햇빛도 방향을 틀어 돌아갔다. 라디에이터 팬 코일을 통해 난방 나오기를 기다리는 오후 네 시의 거실이 서늘하다. 나의 널찍한 거실에는 오늘도 커다란 덩치의 소파와 식탁 그리고 몇몇 가전제품들만 조용히 앉아 있다. 역세권도 아니고 숲 밑에 조용히 앉은 모양새가 내 닮은꼴인 듯 씁쓸한 웃음이 난다.

각자의 위치에서 진취적인 삶을 살면서도 형제애를 우선시하는 친구 가족이 가슴속에 따스함으로 남는다. 차곡차곡 다져진 시간으로 친구는 서가 협회 초대작가도 되었고 복지회관에서 강의도 하며 지내지만, 그녀의 마음 한쪽은 오래된 연식의 승용차처럼 여전히 이십여 년 전 문래동 그 언저리에 머물러 있다.

　　친구의 소박한 마음결을 따라가지 못하는 마음이 며칠 내내 코트 속을 휘감던 바람처럼 아직도 내 안에서 머뭇거린다.

강구항에서

김태식

　무더위가 연일 기승이다. 피서지로 휴가를 떠나는 차량의 행렬이 칠월 더위에 엿가락만큼이나 길게 늘어졌다. 그들처럼 이럴 땐 어느 한적한 바닷가에서 파도 소리에 더위를 묻고 싶다. 그곳이 친숙한 곳이라면 더욱 좋으리라.

　영덕에 가면 한창 제철 맞은 항구가 있다. 그곳은 지난날 TV 드라마에서 강구 앞 바다를 배경으로 촬영하며 유명해졌다. 친구의 고향이란 사실을 알고 그곳을 방문하며 더욱 친숙해진 곳이다. 그래서 그런지 나에게 강구항은 그리 낯설지 않다.

　어느 역전이든 그곳을 중심으로 먹자골목이 형성되어 있다. 영등포구청역 주위도 예외가 아니다. 주변으로 다양한 먹거리가 즐비하다. 그

중에 횟집 강구항이 있다. 영덕이 고향인 친구와 바다 분위기를 즐기러 가는 단골집이다. 이곳에서 친구가 고향을 느끼고 나도 포구 특유의 비릿함을 맡을 수 있어 좋아한다.

조그만 창문 밖으로 가만히 귀 기울이면 갈매기 소리와 파도 소리도 들릴 듯하다. 물론 대부분 그곳에 걸려 있는 다양한 사진들을 보면서 상상을 하지만 그것만으로도 바닷가를 느끼기엔 충분하다. 그곳에서 횟감을 파는 상인들의 활기 넘친 표정을 보며 삶의 현장을 간접 체험하고 새로운 활력를 얻는다. 갯내음을 맡으며 푸른 바다를 보기도 하고 고깃배를 향해 소리쳐보고 항구를 거닐며 옛 친구들을 생각한다.

이곳은 세꼬시회와 물회를 파는 그다지 크지 않은 횟집이다. 특히 재료가 싱싱해서 여름철 물회는 특별한 것 같다. 파, 마늘, 고춧가루 등 갖은 양념에 듬뿍 담긴 바닷고기를 휘휘 저어 밥을 말아 입 안 가득 채우면 슬며시 온몸에서 바다 냄새가 퍼지는 듯하다.

번창하는 집에는 손님을 끌어당기는 무엇인가 남다른 것이 있는 것 같다. 이곳은 영업시간이 정해져 있지 않다. 신선함을 유지하려 영덕 강구항에서 부친 소유의 어선이 당일 잡은 만큼만 판매하고 영업을 마치기 때문이다. 손님 입장에서 보면 대우가 소홀한 것 같기도 하지만 아마 그런 점이 다른 사람들도 줄지어 기다리게 하는 것이 아닐는지. 손님이 항상 붐벼 대기표를 받아야 하는 것이 조금 불편하긴 하다. 그래서 때로는 줄서서 먹는 요리에 그럴 만한 충분한 가치가 있는지 궁금하기도 하지만, 그것을 상쇄하고도 남을 만족을 안겨주니 그런대로 좋은 곳임에 틀림없다.

친구들과 도란도란 둘러 앉아 불어오는 갯바람 맞으며 한점 한점 즐기다 보면 어느덧 우리의 우정도 깊어만 간다. 결국 오늘도 이곳에서 좋은 사람들과 인연의 끈을 더 정답게 엮어 나가고 있다. 서로 존중하며 소중함을 알게 만드는 귀한 장소다.

친구가 먹음직한 회 사진을 카톡방에 올려놓고 지금 강구항에 있단다. '나도 지금 강구항에 휴가 왔어.' 하고 장난을 쳤다. 그 친구 믿기라도 한 듯 누님이 운영하는 횟집에 있으니 빨리 오란다.

'왜 그리 멀리까지 갔어? 여기도 시원하고 맛좋고 풍성하니 최곤데.' 하고 웃어대니 그제야 눈치를 채고 이쪽으로 오라는 말에 손사래를 치며 즐거워한다.

이곳은 인심이 좋아서 지갑을 열기에 부담이 없다. 친구의 고향 이름이어서 그럴까. 그래서인지 이곳이 정감이 간다. 오늘도 회 한 접시에 취해 즐거운 시간이다. 사랑하는 사람들과 이 무더운 여름 시원한 물회 한 그릇 나누며 더위를 쫓고 싶다.

237 당산역 서울에도 섬이 있다, 선유도

서금복

업무에 한창 쫓기고 있는데, 핸드폰 문자 메시지가 왔다. 비가 오면 창밖 좀 내다보라고, 꽃이 피면 커피 대신 향기 한 잔 마시라고, 가끔씩 소식 주는 친구가 보내준 메시지였다. 그녀의 감수성은 학창시절과 별다른 차이가 없다.

바쁘게 움직이던 손길을 멈추고 핸드폰 창에 떠 있는 그림을 한참 동안 바라보았다. 태양은 뜨겁고 돛단배는 파도 위에서 춤추고 있었다. 문득 달력을 보니 7월이 다가오고 있었다. 어디론가 훌쩍 떠나고 싶은 여름이 다가오고 있었다.

퇴근길에 지하철 2호선을 탔다, 섬을 향해서. 가만 생각해보니 서울에선 바다는 볼 수 없으나 섬은 있었다. 그것도 신선이 노닐었다는 아름다운 섬이.

당산역에서 내리니 노을이 강을 향해 한 발자국씩 다가가고 있었다. 인터넷에 쓰여 있는 대로 1번 출구로 내려왔으나 그곳으로 나가면 선유도를 찾기 어렵다는 네티즌들이 써놓은 글이 생각나 과일가게 주인한테 물었다.

"선유도 가려면 이쪽으로 곧장 가야 하나요?"

그가 고개를 끄떡이는 순간 내 옆을 스쳐 지나가던 여학생이 단호하게 말했다.

"이쪽으로 가면 너무 힘들어요. 길 건너서 한강공원을 거쳐서 가야 해요."

나는 그녀의 말을 믿기로 하고 이제 막 초록 불이 켜진 건널목을 향해 뛰었다. 여학생이 거짓말은 하지 않을 거라고 생각했다.

그녀가 가르쳐준 당산역 6번 출구 입구에는 음식점이 즐비했다. 섬으로 가는 길치고는 너무나 세속적이고 운치가 없었다. 그런 데다 멀기까지 했다. 아무리 걸어도 선유도는 보이지 않았다.

하기야 신선들이 세속과 가까운 곳에서 놀았을라고…. 조급해지는 마음을 가라앉히며 한강공원에 피어 있는 꽃들을 감상하며 천천히 걸었다. 피할 수 없을 땐 껴안으라고 했겠다. 장미와 유채화는 이미 쇠락

해 있었고, 끈끈이 대나물, 꽃창포, 금계, 철 이른 코스모스 등은 강바람
에 몸을 맡기고 있었다. 그 꽃밭 사이에 꼭 두 사람이 앉을 수 있는 벤치
가 하나씩 있었는데, 그곳에서 노부부가 땀을 식히고 있는 모습에 노을
빛이 가득했다. 인라인스케이트를 타고 획획 바람을 가르는 젊은이들의
모습을 눈으로 쫓으며 약 30분쯤 걸었을까. 드디어 선유도로 진입할 수
있는 다리가 보이기 시작했다.

　보행자 전용 다리인 선유교는 원목으로 지은 데다 소음 방지를 위해
유리 방음벽으로 둘러져 있었다. 특히 유리벽과 마름모꼴로 얼기설기
엮어놓은 나무벽 사이에 인동덩굴을 심어놓았는데, 그 다리를 타박타박
걷자니 내가 유럽 어딘가에 와 있다는 생각이 들었다. 아마 프랑스 건축
가가 설계했다는 정보를 이미 알고 있어서인지도 모르겠다. 하지만 그
다리와 이어진 무지개 다리를 건널 때에는 느낌이 달랐다. 유럽에서 동
양으로 건너온 것 같기도 했고, 내가 별나라 공주가 되어 하늘 아래를 내
려다보는 것 같다는 생각도 들었다.
　멀리서 유람선이 지나가고 있었다. 어린 시절 흑설탕을 녹여 뽑기 할
때마다 꼭 갖고 싶었지만, 한번도 갖지 못했던 기선이 떠올랐다. 강바람
에 흩날리는 머리카락을 추스르며 추억이란 이렇게 하찮은 것도 아름답
게 여겨지는 건가 싶어 미소를 짓는 순간 다리 아래 벽에서 '솨~'하는 소

리가 났다.

초록 잎으로 뒤덮인 벽에서 분수가 안개처럼 뿜어지고 있었다. 빨주노초파남보, 쉴 새 없이 바뀌는 불빛에 맞춰 수십 개의 물줄기가 뿜어지는 모습이 마치 코끼리 떼가 줄 맞춰 서서 물을 뿜어대는 것 같았다. 생각지도 않았던 코끼리 쇼를 보며 누가 보든 말든 어린아이처럼 소리를 질렀다.

선유교를 다 건너오니 개구리 소리가 들렸다. 곳곳이 설치된 스피커에선 〈가고파〉 등 가곡이 끊임없이 흘렀는데, 간간이 나오는 새소리, 풀벌레 소리가 진짠지 녹음된 건지 구별하기 위해 귀 기울여 보기도 했다. 어쨌거나 서울의 한복판에서 갈대도 보고, 밀도 보고, 대나무도 볼 수 있다는 게 신기하기만 했고 이곳을 찾는 사람들의 표정이 한결같이 평안해 보였다.

운동복 차림으로 산책하는 중년부부, 아이를 유모차에 태워 데리고 나온 젊은 부부, 아무리 더워도 팔짱을 꼭 낀 채 어두운 곳만 찾는 연인들, 젊은 시절을 추억하며 동병상련을 앓고 있는 노인들⋯. 선유도를 거닐고 있는 사람들은 나이도 다양했고, 복장도 가지각색이었으나 표정만큼은 생활의 여유를 느끼고 있는 게 분명했다.

마루가 반질반질 윤이 나는 선유정에 앉아 땀 한 번 더 식히고, 부레옥잠과 창포, 수련과 마름 등이 있는 수질정화원을 어둠 속에서도 찬찬히 살핀 후 이제는 집으로 가야겠다고 생각하니 암담한 생각이 들었다. 전철을 타려면 또 여직 온 길을 걸어야 하니 말이다. 운이 좋으면 택시라도 있지 않을까 생각하여 수생식물원 쪽 문으로 나가니 마치 신데렐라의 요정이 보내 준 호박마차처럼 택시가 기다리고 있었다.

요즘엔 선유도를 찾는 사람들이 많아서 택시 기사들도 웬만하면 선유도를 알지만, 아직도 양화대교 중간에 선유도가 있는 줄 모르는 사람들도 많단다. 차창 밖으로 언뜻 보이는 선유교의 무지개 다리 불빛이 보석이 촘촘히 박힌 머리띠 같다고 느끼는데, 당산역에 다 왔다며 내리란다. 기본요금 1,600원밖에 들지 않는 거리건만, 아까는 30분도 넘게 걸은 셈이다.

선유도는 신선들만 거닐던 섬이 아니었다. 우리가 갈 수 없는 그림 속의 섬도 아니었다. 한강 근처에 사는 사람은 운동 삼아 언제든지 달려갈 수 있는 섬. 먼 곳에 살아도 전철만 타면 걸어서 갈 수 있는 섬. 그리고 퇴근 후 동료들과 함께 들를 수 있는 섬이었다.

걷기를 좋아하는 가난한 연인들이 부담 없이 갈 수 있는 섬. 한강 남단이 다닥다닥 붙은 아파트촌을 두루 보며 신선계에서 사바세계를 조망할 수 있는 섬이었다. 하지만 매일 양화대교를 건너다녀도 앞만 보고 달리는 사람 중에는 아직도 그곳에 선유도가 있다는 걸 모르는 이도 있을 것이다. 아무리 먼 곳에서 찾아와도 보고자 하는 이는 언제든지 품어주는 섬이지만, 아무리 가까이 있어도 찾으려 하지 않는 이에게는 보이지 않는 섬. 둘이 걸어도 각자 다른 마음으로 걸으면 지루하고 외로운 섬이지만, 혼자 걸어도 가슴에 품은 이가 있다면 외롭지 않은 섬, 그 섬이 바로 선유도인 것이다. 서울, 내 고향에도 섬이 있다. 전철만 타고 가도 갈 수 있는 섬. 강바람이 시원하게 부는 섬.

친구에게 받아 놓은 문자 메시지의 그림을 다시 보니 그럴싸 그러한지 태양의 작열함이 한결 수그러져 있었다.(2003년)

성지를 만나다

238
합정역

박기수

　　직장을 나와 어려움을 겪을 때 더 가까이 다가온 친구가 있
다. 친구는 독실한 개신교 신자다. 친구들끼리 모처럼 교외로 놀러 가서
도 일요일이 끼면 으레 교회에 가야 한다며 먼저 돌아가곤 하던 친구다.
그럴 때마다 나는 친구가 혹 전 재산까지 교회에 헌납하지나 않을까 걱
정하기도 했다. 부창부수夫唱婦隨, 안식일을 교회에서 보내려는 생각은
친구 아내도 다르지 않은 듯했다. 한때 교인이었던 나조차 부부의 지독
한 교회 사랑에 가끔 고개를 갸우뚱했다.

　　그럼에도 정작 나는 그가 어느 교회에 다니는지 알지 못했다. 솔직히
남의 교회에까지 관심 가질 만큼 내 삶이 녹록하지 않았다.

　　친구는 정착할 교회를 찾아 오랜 기간 방황하였다. 목회자의 설교 내
용이 마땅치 않아 그만둔 교회가 있었고, 교회 회계를 투명하게 공표하

라고 요구하다 좌절해 옮기기도 하였다. 이런저런 이유로 여덟 번이나 옮겨 다녔다. 이런 갈등 속에서도 일요일이면 교회에 나가기 위해 친구들과의 야유회를 작파하고 올라가던 친구였다.

그 친구로부터 막내딸 청첩이 왔다. 금요일 예식인데 장소가 합정역 인근 '한국기독교 선교 100주년 기념교회'라고 했다. 나로서는 이름조차 생소하였다.

친구 딸 결혼 덕분에 처음으로 합정역에 내렸다. 교회는 역에서 멀지 않았지만, 합정역부터 지상으로 올라오는 2호선 지상철을 끼고 걷다 가로질러 가야 했다. 초행인 사람은 찾기가 만만치 않았다. 교회는 지상철 옆 넓은 뜰에 나지막하게 자리 잡고 있었다. 안내판을 보니 교회 역내에는 우리나라 개신교 보급에 공헌한 유명 선교사와 가족 등 14개국 400명이 넘는 분들의 묘가 안장되어 있었다. 이를 관리하기 위해 선교 100주년을 기념해 기독교 재단에서 설립한 교회였다. 뒤에 보니 연세대 전신인 조선기독교대학과 새문안교회를 설립한 언더우드 목사, 이화학당을 설립하고 근대 여성운동의 선구자로도 추앙받는 스크랜턴 여사, 배재학당을 설립하고 한국감리교회 초석을 세운 아펜젤러 박사, 한국을 식민지화하려는 일제에 저항했던 대한매일신보 발행인 베델 등 우리 근세에 한 획을 그은 분들이 많이 누워계셨다. 공동묘지로만 알았다가 방정환, 한용운 등 우리 근대사에 큰 족적을 남기신 분들이 잠들어 있어 무식과 불민不敏의 충격을 받았던 망우공원 묘역이 연상되었다.

그런데 이 교회 담임목사님도 특별하셨다. 대형화와 세습이 고착되어 가는 개신교회 관행에 비판적이었고, 장로와 권사 등 교회 직분은 세속의 직위와 다른 기준으로 임명하였다. 교회에서의 봉사 연륜을 보다 중시했다. 이런 것들에도 논란이 끊이지 않자 자신이 안수 받은 교단에서 스스로 탈퇴하였다. 그럼에도 배우는 신학생들은 가장 만나보고 싶어하는 목회자 중 한 명이라 하였다. 나는 종교와 성서의 가르침을 일상에서 실천하려는 분으로 이해했다. 우리의 신앙 풍토에 비판을 서슴지 않는 친구가 최종적으로 안착한 교회답다는 생각도 하였다.

합정동合井洞의 본래 이름은 양화진(楊花津, 버들꽃나루)이었다. 왕십리처럼 도성에서 10리밖에 떨어지지 않아 중국 사신들까지 이 나루를 통해 조정을 오갔다. 삼남 지방에서 거둔 곡식을 실은 세곡선稅穀船도 마찬가지였다. 누에머리 같아 잠두봉蠶頭峰이라고도 했던 이 일대는 산수가 수려해 압구정처럼 조선 선비들이 즐겨 찾는 쉼터였다. 겸재 정선(鄭敾, 1676~1759)의 산수화 〈양화진〉은 당시 이 지역의 빼어난 절경을 잘 보여준다.

양화진은 교통 중심이면서 군사 요충이기도 했다. 새로 건국된 청조라고 이를 모를 리 없었다. 망해가는 명나라를 계속 지지하는 조선에 청

황제는 화가 났다. 친히 10만 군사를 일으켜 정벌에 나섰다. 선발대가 양화진부터 막았다. 중과부적, 인조 일행은 급히 강화도 파천 길에 올랐다. 양화진 뱃길이 막힌 걸 알고는 허겁지겁 남한산성으로 피난했다. 그럼에도 인조는 결국 남한산성에서 삼전도로 내려와야 했다. 청 황제 앞에서 치욕의 삼궤구고두례三跪九叩頭禮를 올리며 항복했다.

5년여 전, 아내가 성당에서 절두산 성지 순례를 가는 데 따라갈까 고민이라 했다. 집 근처 뚝섬유원지역에서 한강 둘레길을 따라 가면 절두산까지 17km 정도가 된다. 마라톤 훈련이나 자전거로 나는 자주 오간 길이지만 류머티즘으로 다리가 성치 않은 아내가 걷기는 큰 무리다. 그럼에도 주변의 끈질긴 권유로 결국 참가한 아내를 자전거로 뒤쫓았다. 신도 1,300여 명이 대오를 흐트러뜨리지 않고 걸어가는 모습이 참 인상적이었다. 힘들어했지만 동료들의 격려 속에 아내도 무사히 순례에 성공하였다. 비신도로서 신앙이 무엇일까 다시 생각했다. 아내 덕분에 한 번도 올라보지 않은 절두산 성지에 올랐다. 천주교 성지는 고난의 역사가 서린 곳들이 많은데, 이름부터 오싹한 절두산도 그랬다.

성리학에 기초한 대원군의 통치 방식과 양학인 천주교가 양립하기는 어려웠다. 결국 대원군은 양학의 상징적 통로인 양화진에서 선교사와 신도들을 참수하기에 이르렀다. 양화진이 말 그대로 절두산切頭山이 되었다. 순교지에 척화비까지 세웠다. 겨우 살아남은 프랑스 신부가 상해로 가 주둔 중인 자기 함대에 이 사실을 알렸고, 프랑스 함대가 또 양화진으로 쳐들어왔다. 이를 계기로 대원군은 천주교를 더 미워했다. 천주교 집안이면 남녀노소를 가리지 않고 처형하였다. 인구도 많지 않던 조선 말기, 전국에서 만 명 가까운 천주교도들이 학살되었다 한다. 십수 년 전, 국민들의 간절한 염원에도 결국 이슬람 국가에 참수된 젊은 대학생의 기억이 선하다. 조선말기의 그때 참상이 상상되고도 남았다.

갑신정변 주역으로 상해에서 고종 밀사 홍종우에게 암살된 삼일천하 개혁파 김옥균의 시신도 절두산으로 옮겨져 다시 능지처참 되고 버려졌다 한다.

지금도 늦은 밤 홀로 절두산 옆을 지날 때면 구천을 떠도는지 모를 원혼들이 붙잡는 듯해서 절로 머리털이 쭈뼛거린다.

합정동에는 기독교와 천주교의 예배당과 성지가 2호선 지상철 동서에 사이좋게 공존한다. 많은 종교의 성지이면서 분쟁의 상징이 된 한 예수살렘과 비교된다.

그러고 보니 지금은 우리가 강남과 명동에 버금가는 카페와 클럽, 연예기획사들 거리 정도로 인식하는 합정동은 오랜 세월 우리 역사의 중심에 있었던 곳이었다.

우중충한 일요일, 비가 내린다는 예보로 나들이 계획을 잡지 못했다.

2호선에 올라 합정동 성지로 역사 산책이나 한번 다시 가보면 어떨까? 예고 없이 쳐들어가도 친구는 오늘도 어김없이 그 교회에서 봉사를 하고 있을 것이다. 친구의 해박한 종교와 역사 안내를 받고 치맥이나 같이 한잔하는 것도 두루 나빠 보이지 않는다.

약 250년 전, 겸재 정선이 그린 양화진 모습은 지금과는 사뭇 다르다.
참으로 평화롭고 아름답다.

선생님을 따라간 역

박기수

신입생 때 학과장님이시던 선생님은 나의 주례 선생님이기도 하다. 십여 년 전, 댁으로 인사를 다녀오다 버스에 오르던 아내가 굴러 타박상을 입었다. 옆 차와 시비를 벌이던 우리 버스 운전사가 급브레이크를 밟은 것이었다. 선생님께는 상황이 수습된 다음 날에야 말씀을 드렸다. 그런데 내 얘기가 끝나기 전에 교수님께서는 버럭 화를 내셨다. "그렇지 않아도 혼 좀 내려 했다."며 "성치 않은 아내를 두고 먼저 올라타는 남자가 어디 있냐."고 호통을 치셨다. 화내시는 걸 본 적이 없어 무척 당황스러웠다. 아내의 지병이 오래되며 사소한 배려에 내가 어지간히 무감각해져 있다는 것을 깨닫게 해주셨다.

몇 년 전에는 불편한 몸을 이끌고 예고도 없이 내 중개사무소에 들르셨다. 가평에 땅이 좀 있는데 팔아 달라고 하셨다. 동료 교수 셋이서 은퇴

후 글방이나 할까 하고 사 둔 땅이라 하셨다. 그런데 공유자 한 분은 벌써 돌아가셨고, 다른 분도 미국에서 몸져누워 있다며, 누가 집을 짓겠냐고 하셨다. "동의를 구해놓았으니 값은 고하간에 빨리 팔아 달라." 하셨다. 호명산 유원지 입구의 현장을 가보니 도로변 평지에 조성된 배산임수의 멋진 택지였다. 도로로 편입되며 평당 7~80만 원을 보상받았다는 땅과 멀지 않은 부지인데 매기가 없는 것이 문제였다. 일단 50만 원에 내놔 봤는데 몇 달 동안 전화 한 통이 없다. 땅은 임자를 만나야 되는데 낙담하실까 봐 교수님께는 상황을 제대로 말씀드리기가 주저되었다. 그런데 그렇게 팔아 달라고 재촉하시던 선생님의 전화가 어느 날부터 끊겼다. 느낌이 이상해 여쭤보니 공유자에게 싸게 넘겼다고 하셨다. 제자의 능력을 과대평가하신 듯 믿거라 맡기셨을 텐데 죄인 된 기분이었다.

선생님은 모교 스페인어과(당시는 '서반아어과'였다.) 1기로 선배님이기도 하시다. 다른 1기생들과 함께 국내 스페인어 보급과 발전에 많은 기여를 하셨다. 한서 사전을 비롯해 다수의 학습서를 편찬하였고, 스페인과 중남미 문학작품을 번역 소개해 우리에게는 생소한 라틴 문학을 이해하는 데 많은 도움을 주셨다. 문학평론가이면서 동시에 자신의 창작물도 남기셨는데 그런 선생님도 과 후배 교수가 총장 되시는데 걸림돌이 된 것일까. 정년에 몇 년 앞서 명퇴를 하시며 몹시 서운해 하셨다.

선생님께서는 유난히 제자들과 살갑게 지내는 편이셨는데 그런 선생님의 준비 안 된 은퇴가 쓸쓸해 보였다. 일 년 두 번 모임 중 한 번은 스승의 날이 있는 달로 정해 선생님과 함께하면 어떠냐고 물으니 친구들이 흔쾌히 동의한다. 그래서 5월은 선생님 댁과 가까운 이대 부근이나 신촌에서 만났다. 그런데 몇 해 전, 수십 년 살던 대신동 집을 팔고 홍대입구역 근처 아파트로 이사했다고 하셨다. 젊은이들과 어울리길 좋아하고 북 카페에도 관심 있어 하셔서 그런 걸까 상상했지만, 한편으론 그 연세에 카페를 제대로 운영할 수 있을까에 대해서는 모두 의문을 가졌다.

자연스레 우리 모임도 홍대입구역 부근으로 옮겨졌다. 첫 모임의 접선 장소는 홍대입구역 출구 앞이었다. 오랜만에 와 본 홍대입구역 주변도 환승 역세권답게 대형 빌딩들로 가득 찼다. '그래 봐야 또 하나의 부심副深이겠거니' 하는 정도 이상의 감흥은 없다. 뒷골목도 마찬가지였다. 간혹 주인의 독특한 취향을 엿볼 수 있는 인테리어를 한 카페나 음식점들도 있었지만, 그 정도는 다른 동네도 있는 것들이었다. 나는 왜 사람들이 그렇게 홍대입구, 홍대입구 노래를 부르는지 이해되지 않았다. 클럽에나 가야 홍대입구 진면목을 알 수 있을까…

클럽이 아니어도 교수님과 만남은 유쾌했다. 팔순이 넘어도 선생님 말씀의 반은 위트다. 우리 중 전공 언어를 직업으로까지 연결한 행운아는 많지 않다. 사용하지 않으니 다들 잊어버렸는데 선생님은 많은 대화를 스페인어로 하시면서 잘 알아듣지 못해 허둥대는 우리 모습을 보는 것이 재미난 듯했다.

늘 명랑 소년 같던 교수님의 건강이 정상이 아닐지 모른다는 생각을 한 것은 작년 모임이었다. 엉덩이 중간까지 흘러내린 청바지 차림으로 나타나셨는데 바짓단을 10센티는 끌고 밟고 다니셨다. 아무리 봐도 힙합 친구들을 흉내 낸 것 같지는 않았다. 식사 중에도 젓가락, 숟가락을 자주 떨어뜨렸고 음식을 흘리셨다. 의식과 행동의 부조화가 심하게 진행된다는 걸 알 수 있었다. 모임이 끝나 비칠비칠 위태롭게 돌아가시는 모습을 보며 우리는 내년에도 교수님을 뵐 수 있을까 걱정하였다. 그래서 내년엔 댁으로 찾아뵈면 어떤지 여쭈었지만, 한사코 집 방문은 허락하지 않으셨다.

불행히도 나쁜 예감은 더 잘 들어맞는다. 금년 모임을 위해 연락을 드리니 선생님은 요양병원에 가 계신다고 하셨다. 입원한 지 벌써 몇 달이 되었다고 했다.

병원은 영등포 시장에서 멀지 않았다. 우리는 침상의 이름표를 보고야 선생님을 찾을 수 있었다. 머리숱이 없어 늘 헌팅캡을 쓰셨는데 모자 벗은 모습을 본 제자들이 없는 데다 도수 높은 안경까지 벗고서 핸드폰을 눈에 대고 보고 계시니 우리가 알아보지 못한 것도 무리는 아니었다. 가슴에 드리워진 턱받이에는 음식물 얼룩이 잔뜩 묻어 있다. 스마트폰을 보시는 노교수님 모습은 요양병원 분위기와는 뭔가 어울리지 않았다.

우리를 알아본 선생님은 이전 어느 때보다 반갑게 맞으셨다. 순간 일어나시려다 이내 포기하셨다. 하반신 마비로 간병인 도움 없이는 꼼짝도 못 하셨다. 귀도 어두워지신 듯 큰 소리로 반복해야 알아들었다. 그래도 아직 총기는 여전하시다.

선생님을 따라간 우리의 홍대입구역 모임은 그렇게 두 번으로 정지되었다. 선생님은 입원 초기, 분노를 못 이겨 병원 직원들과 여러 차례 주먹다짐을 했다고 하셨다. 그러나 이제 모든 걸 담담하게 받아들인다고 하셨다. 그러나 그 말씀 속에 슬픔과 고독이 진하게 배어 있다. "이래 봬도 칠십 중반까진 콜라텍에서 플라멩코로 인기 짱이었다."며 농을 치신다. 웃어야 할지 말지 어정쩡했지만, 최고라며 맞장구를 쳐 드렸다.

잡은 손을 내려놓으며 또 뵙겠다고 하자 금방이라도 애기처럼 우실 표정이시다. 돌아서는 마음이 편치 않다. 선생님과의 모임도 끝났다는 생각이 무겁게 다가선다. 일상을 편히 여쭐 수 있는 유일한 은사님이신데…. 내 시야도 뿌예진다.

홍대입구역은 2호선 외에도 공항철도, 국철 경의 · 중앙선의 환승역이기도 하다. 그래서 지하도 바쁘다. 공항철도 환승역이라선지 외국인도 많고, 넓은 지하 통로에 관광지 등을 안내하는 대형 스크린들이 유난히 많다. 문화의 거리도 조성하였다.

일곱 명의 백설공주

전해숙

대문을 나서자마자 기다렸다는 듯 땀방울이 코를 타고 미끄러진다. 출근 시간에는 어디고 나서는 게 달갑지가 않다. 오늘은 독서토론 모임이 있는 수요일이다. 초기에는 '괜히 시작했나?' 하다가 서너 번 참석하고 난 후에는 '그만둘까 보다.' 하며 망설였다. 하지만 낙오자가 되기는 싫었다. 같은 고민을 하는 이들이 많았는지 시작했을 때는 열다섯 명이었는데, 차츰 줄어들더니 지금은 모두 백설공주라는 별명을 가진 일곱 명이 남았다. 젊은 사람들이 많아 모임이 잘 풀려갈 것이라 기대했다. 그런데 모두가 아줌마들에 그것도 일곱 명뿐이라니. 그중 내 나이가 제일 많다. 젊은이들이 왜 그리 쉽게 포기를 하는 건지 남의 일 같지가 않다.

모임 카페지기가 올린, 우리가 읽어야 할 책이 주제별로 500여 권이 넘었다. 저걸 다 읽어야 한다니, 다들 벙어리가 된 듯 말이 없었다. 더군

다나 기가 죽어 있던 나는 눈앞이 캄캄했다. 불안하고 두려운 가운데 반장을 뽑고 자신이 읽고 싶은 책과 발제 순서를 정했다. 각자 발제자가 되어 본인이 읽은 책에 대한 내용으로 토론을 이끌어 가야 했다. 1주일에 한 번 가는 이 모임이 바로 신촌역 근처에 있다.

원래 신촌역新村驛이라 함은 서대문구 신촌동에 위치하고 있는 경의 본선의 철도역이다. 옛날에는 신촌역 하면 이 기차역만을 의미했지만, 지금은 전철 2호선과 경의선 철도역까지를 모두 일컫는다. 옛 신촌역사는 1920년에 세워졌는데, 1925년 세워진 서울역의 건물보다 5년이나 앞선 것으로 서울에서 '가장 오래된 역 건물'로 유명하다. 지금 신촌역은 마포구 노고산동에 있는 지하철 2호선의 역 이름이다. 새터말을 한자명으로 표기한 신촌동 동명에 따라 지하철 개통 때 신촌역이라 하고, 국철 신촌역이 있으므로 2000년도에 지하를 병기하였다.

독서 첫 모임에서는 교육 관련 주제를 제일 먼저 읽기로 했다. 두려움과 떨림 속에서, 다른 발제자들이 하는 걸 곁눈질해가면서 힘겹게 첫 번째 주제가 끝나가고 있을 때였다. 교육주제를 한 바퀴 더 돌리자는 의견이 나왔다. 두 번째는 먼저보다 살짝 머릿속에 그림이 그려지면서 희미하게나마 개념이 잡혔다. 교육에 관한 주제의 책을 읽으면서 '우리의 교육환경에서는 선생님이나 학생이나 서로가 힘들기는 마찬가지구나.' 하

2호선을 타다

는 안쓰러움도 들었다. 키우는 자식이 없어 모르던, 교육현장에서 일어나고 있는 숨겨진 많은 내용과 애환을 들여다볼 수 있었다.

발제자는 아침에 다른 사람보다 일찍 와 스터디룸 계약을 하고 출석 체크를 한 후, 인원수대로 자료 준비를 해야 한다. 처음엔 그 일들이 모두에게 낯설고 서툴러 우왕좌왕했다. 예약 룸이 혼동되어 다른 방으로 밀려날 때도 있었다. 어떤 날엔 예약하는 걸 깜빡해 그냥 되돌아간 적도 있다. 발제 순서 때는 어찌나 가슴이 두근거리고 떨리던지 질문을 제대로 이해하지 못하고 엉뚱한 대답을 하거나 잘못된 자료를 제시하기도 했다. 다른 사람이 하는 실수를 보면서 내가 했던 실수를 떠올리며 웃기도 했고 덩달아 당황하기도 했다. 그나마 조금 위안이 되었던 것은 그런 이가 나뿐만이 아니라는 사실이었다. 우리는 결석을 하지 않기 위해 애를 썼다. 어쩌다 발제자가 늦게 되면 제일 먼저 오는 사람이 대신 방을 예약하고 준비를 해 주기도 했다. 그렇게 초기의 어려움을 이겨내며 우리의 실력은 조금씩 늘어갔고, 수요일 아침을 임하는 자세도 달라졌다.

처음에는 집을 나서는 발걸음이 여자들이 더러 겪는다는 '가고 싶지 않은 시댁에 가는 것'만큼이나 싫었다. 하지만 지금은 신촌역으로 향해 걷고 있다 보면 마음이 편안하다. 내딛는 걸음에 나도 모르게 힘이 가해 진다. 발제 순서가 시작되기 무섭게 암담해지던 머릿속도 이젠 시작과 동시에 차분히 준비 자세를 잡을 수 있게 되었다. 한 가지라도 깨우치는 것이 생기면 소름 돋는 희열을 느낀다. 주변에서 일어나고 있는 여러 가지 사회문제에도 관심이 생기기 시작했다.

점점 나이가 들수록 기억력과 집중력이 흐려지는 걸 깨닫는다. 독서모임에라도 가입하고 싶은 마음이 터지기 직전의 풍선만큼이나 커졌을 때 한 곳을 택해 뛰어들었다. 열심히 쫓아다니며 지금은 기대 이상의 성과를 거두고 있는 것 같다. 그렇다고 지금 내가 고매한 지성과 지식을 갖춘 완전한 성인은 아니다. 단지 바람이고 희망이었지만 얼른 행동하지 못하다가 포기하지 않고 지금까지 왔다는 사실에 점수를 주고 싶다.

처음 시작할 때는 방금 군대에 입대해 모든 것이 서툰 신병들 같았지만, 지금은 몇 안 되는 인원으로 군단을 이루고 있는 듯한 마음이다. 아직 많이 부족하지만, 독서토론 모임에 관해서라면 우리 일곱 명은 두려울 것이 없다. 어떠한 상황에 처하든, 어떠한 질문이 쏟아지든 막히지 않고 척척 해결하는 백설공주 아줌마들이 말이다. 앞으로는 신촌역을 떠올리면 게으름과 아침 일찍 나서야 하는 고통을 딛고 이겨낸 내 성장의 전승지가 될 것 같다.

241
이대역

늘 푸르디푸른 내 고향

서금복

　요즘은 좀 덜해졌으나 큰아이가 초등학교에 다닐 때만 해도 이대입구로 가는 걸 좋아했다. 사는 게 시들하거나 까닭 없이 우울하거나 할 때면 영락없이 내 고향 이대입구가 그리워지곤 했다.

　고향이라는 것이 '자기가 태어나 자란 곳'이거나 '조상이 여러 대 살아온 곳'을 뜻하는 것에 비춰본다면 이대입구를 내 고향이라고 불러도 될지 모를 일이다. 그러나 초등학교 1학년 2학기부터 결혼하기 전까지 그곳에서 살았으니 누가 뭐래도 내겐 이대입구가 고향으로 여겨진다.

　여하간, 내가 비닐봉지쯤으로 여겨지는 날이면 내 고향으로 달려가곤 했었다. 가볍고 넉넉하다 하여 여기저기 끌고 다니다가 커피향이 흐르는 곳에 가거나 정장 차림으로 목소리를 자분자분 줄여야 할 때면 영락

없이 어깨에 멘 가방 속으로 접혀 들어가야 하는 비닐봉지.

시키지 않아도 누군가를 위해 자기 시간을 주었을 때는 그것이 더없이 보람되게 느껴지지만, 그 반대로 내가 누군가에게 이용당했다고 깨닫는 순간에는 내가 비닐봉지가 되었다는 허탈감에서 벗어날 수 없었다.

그런 날에는 두 아이의 손을 잡고 이대입구로 갔다.

대신초등학교 근처에 있던 우리 집으로 가는 길목에는 '여왕봉'이라는 다방이 있었다. 고등학교를 졸업하기 전까지 한번도 다방에 들어가본 적 없던 나는 하교 때마다 그 간판을 올려다보며, 다방이란 곳이 어떻게 생겼을까 궁금해하곤 했었다. 결국 고등학교를 졸업하자마자 열심히 다닌 곳이 다방이란 곳인데, 어느 한 해는 한 달에 서른 몇 번인가를 간 적도 있다. 아마 그때가 엄마보다 친구가 좋았을 때가 아닌가 싶은데, 그렇게 오랜 세월 눈으로만 봤던 '여왕봉'보다는 이화여대 정문 쪽에 있는 '하얀박'이라는 다방에 자주 들락거렸다. '여왕봉'은 지하에 있어서 어두컴컴한 데다 차를 마시러 오는 연령층도 지금 내 나이 정도의 손님이 많았던 걸로 기억한다. 그에 비해 '하얀박'은 약간의 언덕을 올라가야 있는데다 정문부터 지붕까지 하얀색으로 칠한 것이 그 당시에는 꽤 세련되게 보였다. 그곳에서 반은 음악을 듣고 반은 수다를 떨다가 기어코 윤형주의 '이제는 우리가 헤어져야 할 시간…'이라는 노래가 몇 차례 나오다 그 노래마저 끝나야 자리에서 일어나곤 했었다.

2호선을 타다

지금도 이대입구는 늘 봄이다. 아니, 여름이다. 해서 안 될 게 어디 있냐는 듯 삶의 열정으로 가득 차 있고, 세상 무서운 줄 모르는 젊은이들로 가득 차 있다. 그래서 내 고향에 달려가곤 했었다. 나도 한때는 그런 시절이 있었다는 걸 확인하며 내 아이에게도 말해주고 싶었다.

그런데 어느 한 해, 두 아이의 손을 잡고 번화한 고향길을 걷는 순간 내 옆을 스쳐 지나가는 청년에게서 강신재의 「젊은 느티나무」의 첫 구절을 읽게 되었다. 깜짝 놀랐다. 내가 그 청년에게서 비누 냄새를 맡다니…. 나는 어느새 양념 냄새 몸에 밴 아줌마가 되었고 내 아이들도 얼마 안 있어 곧 그 청년처럼 될 거라는 생각이 들자 이제는 내 고향을 찾기보다 내 아이들의 고향에 대한 추억이 많이 생길 수 있도록 도와줘야겠다는 생각이 들었다.

그러고부터 고향을 찾는 내 발걸음이 뜸해졌다. 그래도 가끔 생활에 지쳐 힘이 들거나 외로울 때는 이대입구로 간다. 그리고 지금은 영어로 된 카페 이름을 달고 있는 '하얀박' 그 자리에서 쏟아져 나오는 우리 아들들 또래의 젊은이들을 바라보며 또 다른 꿈을 품어보곤 한다. 내 고향이 늘 푸른 젊음으로 차 있듯이 나 역시 아직 이루지 못한 꿈이 있다면 그것을 향해 힘차게 달리자고…. (2007년)

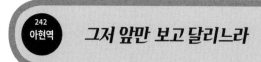

242 아현역

그저 앞만 보고 달리느라

서금복

　비 오는 날, 북아현 꼭대기로 운전 연수를 하러 가자는 강사가 밉살스러웠다. 오죽하면 10년 동안 장롱면허를 지녔을까. 겁에 질려 쩔쩔매는 내 꼴을 보자는 심사야, 뭐야. 게다가 장대비까지 좍좍 내리는데…. 그러면서도 맘 한구석 구미가 당긴 것은 이참에 내 고향을 볼 수 있을 거라는 기대 때문이었다.

　그동안 어쩌다 차를 타고 아현동, 이대입구, 신촌을 지나치기는 해도 내 어린 시절 추억이 차곡차곡 접혀있는 골목길은 가본 적이 없었기에, 일부러 좁고 험한 골목길로 끌고 가는 강사에 대한 미움을 접기로 했다.

　어릴 때 나는 툭하면 울었다. 누가 뭐라고 한마디만 해도 그렁그렁 눈물이 고였는데, 그런 내가 통곡에 가깝게 울 때는 장난기 많던 막냇삼촌이 나를 굴레방다리에서 주워왔다고 할 때였다. 지금은 복개공사로 흔

적도 없지만, 굴레방다리가 현재 경의선 철도의 굴다리쯤이라고 하니 어림짐작만 할 뿐이다. 엄마는 가끔 나를 데리고 길 건너에 사시는 외할머니와 만나 아현시장을 한 바퀴 돈 후 굴레방다리에 있는 음식점에서 맛있는 음식을 사 주시곤 하셨다. 설렁탕이든 불고기든 드시는 음식량은 무척 적었지만, 끊임없이 엄마를 칭찬해 주시던 외할머니 목소리가 지금도 들리는 듯하다. 그러고 보니 누구에게든 고마움을 표하고 조그마한 일에도 칭찬을 아끼지 않는 친정어머니가 누구를 닮았는지 이 순간에 갑자기 떠오른다.

굴레방다리라 일컫는 곳을 지나 추계예술대학교 쪽으로 핸들을 틀었다. 오른쪽으로 보이는 병원을 보니 피식 웃음이 나왔다. 결혼하기 전 점을 빼겠다고 갔던 곳이다. 그때 의사가 내 얼굴을 보면서 견적이 많이 나오겠다고 한 말을 지금은 웃으며 말할 수 있지만, 그때는 엄청 자존심이 상했다. 가족과 송추로 놀러 가기 전날, 떡이며 과자를 사러 왔던 북아현시장도 지났고, 지금은 성우를 하는 친구가 나온 중앙여고도 이쯤 있겠지, 막냇동생이 나온 한성중학교는 어디 있지? 머릿속은 이 생각 저 생각으로 바쁜데, 정신 똑바로 차리고 운전하라는 강사의 엄명에 물어보지도 못하고 브레이크와 엑셀을 번갈아 밟느라 정신이 없었다.

내가 아동문학을 할 수 있도록 이끌어주신 엄기원 선생님께서 오랫동안 교직에 계셨다는 추계초등학교 앞에는 내가 그토록 부러워하던 팔각

주름 모자에 하늘색 스웨터 교복을 입었던 아이들 대신 예술을 사랑하는 젊은이들로 가득했다.

강사는 계속 "브리 밟고, 놓고, 밟고…." 하는데 나는 과거와 현재 사이를 종횡하는 필름을 돌리느라 브레이크를 늦게 밟는다고 야단맞고, 엑셀을 그렇게 강하게 밟으면 어떡하냐고 핀잔을 들어도 별로 개의치 않았다. 운전이 서툴러도 내 고향을 이렇게라도 볼 수 있다는 게 가슴 벅찰 뿐이다.

그래도 추계예술대학교를 지날 때까지는 어느 정도 여유가 있었는데, 둘째 고모가 살던 북아현아파트를 지날 때쯤에는 제정신이 아니었다. 이건 운전을 하라는 건지, 암벽등반을 하라는 건지 굴곡이 심한 경사로를 도대체 왜 끌고 가라는 거야. 겁에 질려 못 올라가겠다면서, 나는 앞으로 이런 길 절대 오지 않을 거니 이쯤 해서 그만두자고 해도 앞으로 어떤 길을 가게 될지 모르는데 안일하게 살려고 하면 안 된다는 강사의 설득에 결국은 질질 매면서 올라갔다 내려갔다 했다. 결국 둘째 고모네가 몇 년간 살았던 북아현아파트는 어떻게 변했는지 분명히 지나쳤건만 내 눈으로 확인한 바 없게 되었고, 초등학교 5학년 때 담임 선생님이셨던 어상수 선생님께서 전근하셨다는 말을 듣고 애달픈 마음으로 찾아왔던 북성초등학교도 무아지경으로 지나치게 되었다. 그저 방과 후 무리져 오는 아이들 피하느라 브레이크 밟고, 또 밟고…. 새색시 걸음보다 더 조심스럽게 골목골목을 돌아 어찌어찌하다 보니 대신초등학교 앞을 지나게 되었다. 아니? 그러고 보니 바로 내가 살던 고향 집을 지나친 게 아닌가. 이럴 수가 있나. 초등학교 4학년부터 결혼하기 전 해까지 살던 곳을 한순간에 지나치다니…. 우산을 빙빙 돌리며 물방울 튕기는 아이들 피하느라 그저 앞만 보고 오느라 26년 전에 떠난 내 고향 집을 지나는 줄도 모르고 지났다. 기대가 컸기에 서운한 마음도 컸지만, "브리 밟고, 놓고, 밟고, 놓고…." 운전을 할 때는 조그만 실수도 용납되지 않는다며, 자신의 임무에 충실한 강사는 내가 오랫동안 추억에 젖어 들지 못하게 했다. 그래, 맞다! 옆에서 도와주고 이끌어주는 사람이 있어도 눈앞에 보이는 것 헤치고 나가기가 이렇게 힘이 들어 허덕거리는 것이 바로 우리 삶일 텐데, 놓치고, 빠뜨리고, 잃어버린 것에 집착해선 안 되겠지. 하지만 해도 너무 했다. 강사는 숨돌릴 틈도 안 준 채 이대입구로 향하는 골목길로 핸들을 있는 대로 돌렸다 풀었다를 반복시켰다. 모락모락 김이 나는 찜통 속에 들어있는 순대처럼 꼬불꼬불한 골목길을 돌면서 이를 악물었다. 그래, 가보는 거야. 남들도 다 하는 걸 나라고 왜 못 해?

세월이 무섭긴 무섭다. 툭하면 울던 계집아이가 어느새 오기로 가득 찬 중년이 되어 한 대씩 번갈아 양보해야만 간신히 지날 수 있는 좁은 골목길까지도 차를 몰고 갈 생각을 하다니 말이다. 대견해야 할지 서러워해야 할지 몰라 혼자 피식 웃는 내 얼굴을 보고 강사는 또 한마디 한다. 어떠한 경우에도 앞뒤 좌우 살피며 정신 똑바로 차리라고…. 네, 그러죠. 삶은 운전보다 더 어려운 것일진대.(2007년)

243
충정로(경기대
입구)역

주경야독

서정문

2010년에 드디어 박사학위를 취득하였다. 경기대에서 정치학으로. 논문은 '중국의 현대무기체계 연구'에 관한 것이다. 군 생활을 하면서 해외 대사관에 무관으로 근무할 기회가 주어져 중국에 관해 많은 관심을 가졌다. 중국어를 공부하고 중국에 대해 연구하였다. 군인이기에 중국군과 관련한 공부를 하기로 하고 특히 무기체계에 대해 파고들었다. 그렇게 주경야독의 기회를 준 곳. 어두운 시간에 학교에서 내려와 자주 찾던 곳이 바로 충정로역이었다.

중국은 현재 미국과 G-2의 지위를 차지하면서 세계 곳곳에 많은 영향력을 미치고 있다. 북한과는 혈맹의 관계로 아직도 북한의 든든한 후원자가 되고 있다. 그런 중국 군을 연구하는 것은 우리 군에게도 필요한 부분

2호선을 타다

이라 여겼다. 군에서 지원해 준 기회를 적극적으로 활용하여 내가 하고 싶었던 분야에 대해 집중적으로 자료를 정리하고 원서를 탐독하였다.

공부에 미련이 많았다. 공부가 하고 싶었다. 전공과목 가운데 육군사 관학교 문과에서 전사과를 선택했다. 육사는 3학년 때 전공을 선택할 수 있다. 전사과는 3학년 때 사학을 공부하고 4학년 때는 전쟁사를 공부한 다. 전방에서의 초급장교 시절에는 주어진 군 관련 교범을 탐독하고 실제 훈련을 통해서 익히는 데 여념이 없다. 초급 장교 시절에는 거의 경연 대회 등 교육훈련으로 일과를 보낸다. 낮에는 실기 연습을 하고 밤에는 모여서 군사 교범을 분석하고 연구하여 외워야 한다. 단위별로 주기적 으로 열리는 경연대회를 준비하기 위해 자정까지 공부하는 것이 예사였 다. 그렇게 이론과 실제를 겸비한 장교가 되기 위해 모두가 노력하였다. 나중에는 숙달된 병사들보다 더 능숙하게 훈련과 실습을 할 수 있게 되 었다.

소령 진급을 하고 나서 육군본부 인사참모부에 근무하게 되었다. 마 침 서울에 있던 육군본부는 대전 계룡대로 이전하게 되었다. 이전 후 얼 마 지나지 않아 대전으로 근무지를 옮겼다. 처음으로 후방으로 나와 근 무하게 되어 공부할 수 있는 기회가 생겼다. 동국대학교 분교가 육본에 설치되어 야간에 대학원 과정을 공부할 수 있게 되었다. 그러나 입학하고 나서 실제로 공부는 할 수 없었다. 지금은 대만으로 이름이 바뀐 중화민국 대사관 무관 보좌관으로 선발되어 입학을 포기하고 말았다.

그러다가 소위로 임관한 지 15년 만에 다시 서울에서 근무할 수 있었다. 근무지인 용산에서 멀지 않은 서대문에 있는 경기대 야간대학원에 입학했다. 국제대학원에서 동아시아학을 전공하였다. 석사학위를 마치고 다시 학업을 이어갈 수 없었다. 중국군 현대화에 대한 학위를 받고 관련 자료를 계속 수집하고 관심을 가졌다. 임관 27년 만에 다시 용산 근무를 할 수 있게 되어 경기대 박사과정에 입학하였다. 그리고 3년 후 드디어 박사학위를 받았다.

석사와 박사과정 모두 일과가 끝난 야간에 다닐 수 있어서 공부를 할수 있었다. 대학원 약 6년을 다니는 동안 충정로역은 늘 정겨운 이름으로 다가왔다. 학교에 갈 때나 집으로 돌아갈 때 자주 찾는 역이었다. 역에서 내려 어두운 골목길을 오르면 학교로 가는 지름길이었다. 늦은 밤이라 어두운 길이었지만, 흐린 불빛 사이로 정겹게 드러난 계단을 오르면 낯익은 교수님과 학우들의 모습을 볼 수 있어서 좋았다.

당시 학교에는 중국에서 온 중국인 학생도 여럿 있었다. 함께 공부하고 같이 식사도 하면서 중국어를 연습하고 중국에 대한 이해와 자료를 얻을 수 있었다. 같이 역 주변의 음식점에 가서 한국 음식을 먹기도 하고 중국 음식을 먹기도 했다. 수업이 끝난 늦은 시간이었지만, 함께 공부하고 토론하는 시간은 즐겁기만 했다.

역 주변에는 오랜 전통 옛집들의 은은한 모습과 푸근한 길들이 언제나 반겨준다. 작은 골목길을 돌아 들어가면 겨우 작은 식탁 몇 개를 놓고도 맛있게 음식을 내어주는 곳이 여러 곳 있다. 1983년 6월 30일, 충정로역으로 역명이 결정된 이후 배움에 목마른 이들에게 그 통로를 일러주는 역. 전통과 현대가 공존하면서 조화롭게 살아가는 곳. 그 역을 나서면 그것을 다시 볼 수 있을 것이다.

오 필승 코리아

박희만

남대문시장 근처의 북창동에서 지인과 약속이 있었다. 약속을 해놓고 까맣게 잊고 있다 시간이 코앞에 와서야 생각나는 것은 무슨 조화일까. 아무리 계산을 해봐도 정해진 시간을 맞출 수가 없었다. 전화로 '갑자기 급한 일이 생겨 조금 늦겠다'고 둘러대고 허겁지겁 집을 나섰다. 2호선 전동차를 타고 시청역에 도착했다. 밖으로 나가기 위해 출구 번호를 찾아 두리번거리는데 붉은 복장에 뿔이 달린 모자를 쓴 어린이들이 부모의 손을 잡고 오가는 모습이 가끔씩 눈에 띄었다. 그들을 보니 오늘이 러시아 월드컵 한국전이 있는 날이라는 것이 생각났다. 한국은 1차전을 스웨덴에게 1:0으로 패해 심기일전 멕시코와 2차전을 치르는 날이다. 기분은 그들을 따라 서울광장으로 가고 싶었지만, 발걸음은 기다리는 사람이 있는 곳으로 바쁘게 움직였다.

약속장소에 도착하니 십 분 가까이 지각이다. 내가 만나기를 원한 것은 아니지만 미안했다. 식당에 들어서자 그가 미소 띤 얼굴로 손을 들어 맞아주었다. 반갑게 대하는 그의 모습에 미안한 감정은 어느새 반가움으로 바뀌었다. 직업이 같았던 우리는 괴로워서 울고 즐거워서 웃던 추억 속에서 빠져나올 줄 모르고 시간을 보냈다. 얼마의 시간을 더 보내다 각자의 행선지로 향하기 위해 작별의 손을 잡았다.

집으로 가기 위해 시청역으로 향했다. 형형색색의 네온 불이 해가 졌음을 알리고 있었다. 지하철을 타기 위해 골목을 빠져나오니 대낮처럼 밝은 조명 아래 서울광장이 한눈에 들어왔다. 시간의 여유가 있어서인지 광장은 넉넉하게 비어 있고 오가는 사람들의 발걸음도 조금은 한가로워 보였다. 잠시 그 광경을 바라보니 2002년 한일 월드컵 대회가 떠올랐다.

월드컵 4강 신화를 만들며 온 국민이 뜨거웠던 그때, 거리는 온통 붉은색으로 넘실거렸고 〈오 필승 코리아〉는 하늘 높이 울려 퍼졌다. 골이 터지기라도 하면 옆 사람을 부둥켜안고 환호했다. 가끔 모르는 사람끼리 안았다 멋쩍게 놓아버리는 장면이 텔레비전 화면에 보이기도 했다.

그 당시 우리 집 바로 옆에는 막다른 집이 있었다. 그 집은 마당이 넓어서 차를 마당에 들여도 많이 불편할 것 같지 않은데 골목을 고집하다

보니 옆집들과 가끔 주차문제로 실랑이하며 불편하게 지내고 있었다.

첫 경기 폴란드를 이기고 두 번째 미국과의 경기가 시작되었는데 막다른 집에 세 들어 사는 개인택시 부부가 같이 응원하자며 맥주를 들고 와 텔레비전 앞에 내려놓았다. 전반전이 끝나고 후반전이 시작될 무렵 막다른 집 부부도 혼자 즐기기는 신바람 나지 않았는지 멋쩍게 끼어들었다. 경기가 시작되어 선수들의 동작 하나하나에 함성과 함께 손뼉을 치며 우리는 하나가 되어 갔다. 그리고 쌓였던 감정의 벽도 박수 소리에 허물어지고 있었다. 1:1 무승부로 경기가 끝나고 옆집 주인이 다음 경기는 자기네 집에서 응원하자며 손을 내밀었다.

며칠을 쉬고 포르투갈과 경기가 있는 날이었다. 얻어먹은 빚도 갚고 응원도 할 겸 우리도 그들처럼 맥주를 챙겨 옆집으로 건너갔다. 밀고 밀리는 혼전 속에 전반전이 끝나고 후반전이 시작되었다. 전반과 같은 양상으로 시간만 초조하게 흘렀다. 남은 시간 이십여 분, 이영표 선수가 왼쪽에서 유연한 몸놀림으로 오른쪽에 있던 박지성 선수에게 길게 공을 넘겼다. 가슴으로 공을 받은 박지성 선수, 오른발로 수비수 한 사람을 제치고 왼발로 멋있게 차 넣어 선제골이 터졌다. 그 순간 우리가 있는 골목뿐 아니라 나라 전체가 열광의 도가니로 녹아들고 있었다. 우리나라는 그 골을 잘 지켜 2승 1무로 16강에 안착했다. 골목의 주차 문제도 응원의 함성 속으로 날아가고 있었다. 그 후 옆집에서 마당으로 주차하면서 주차의 불편함도 해결되었다. 벌써 16년이란 세월이 흘렀다.

　요즘 러시아에서 월드컵 경기가 한창이다. 우리나라에서는 시차 때문에 한밤중이 돼야 실황중계를 볼 수 있다. 대한민국은 스웨덴과 멕시코에 패해 16강 진출이 어려워 보인다. 전문가들 계산법으로는 우리가 독일을 이기고 멕시코가 스웨덴을 이겨주면 골득실을 따져 16강 진출을 기대할 수 있다고 한다. 독일과의 경기가 있는 날이다. 스포츠에 문외한인 아내도 관심을 가지고 텔레비전 앞에 앉았다. 실력 차가 워낙 크다 보니 우리나라 선수들이 계속 밀려 보고 있는 우리를 안타깝게 했다. 경기 종료 몇 분을 남기고 대한민국이 연거푸 두 골을 넣자 아내가 벌떡 일어나 박수를 보내며 좋아했다. 한국이 세계 최강 독일을 이긴 것이다. 다시 한번 2002년의 기적 속으로 빠져들고 있었다. '오 필승 코리아'를 외치며….

기분은 그들을 따라 서울광장으로 가고 싶었지만, 발걸음은 기다리는 사람이 있는 곳으로 바쁘게 움직였다.

기억 속의 그대

곽영분

햇살이 봄 편지를 들고 왔다. 매화와 산수유 벚꽃이 한꺼번에 터지고 있는 가보지 않은 그 마을, 그 길이 궁금했다. 한두 주 지나면 내가 사는 이곳에서도 흐드러진 봄꽃을 볼 수 있지만, 봄볕을 따라 미리 길을 나섰다.

나이 들며 전보다 섬세해진 남편은 매사 느긋하고 무뎌진 나와 달리 몇몇 음식점이며 여행코스를 검색해 놓은 듯했다. 천천히 달리는 차창 밖으로 보이는 풍광이 오래 기다리던 편지 봉투를 뜯을 때처럼 설레게 했다. 파스텔 빛 봄물이 번지고 있는 섬진강 변 풍경에 잊힌 감성이 꽃잎처럼 살아났다. 쉼 없이 얘기하던 기계 속 여인의 목소리는 골목 끝 수제 빗집 앞에서 멈췄다.

삼십여 년 전, 이른 봄이었다. 결혼 예복을 사기 위해 을지로입구의 대형 백화점에서 그와 만났다. 비싼 걸 사려고 한 것은 아니었지만, 주홍빛 볼레로를 덧입는 그 원피스가 마음에 쏙 들었다. 서로에게 예복을 사주기로 했기에 당연히 옷에 어울리는 구두와 핸드백도 주저 없이 골랐지만, 얇아진 그의 지갑이 의식됐다. 식사는 간단히 푸드 코트에서 먹기로 하고 백화점 지하층으로 내려갔다. 결혼을 전제로 만나던 사이였고, 또 서로에게 잘 보이고 싶었던 마음에 그동안 우리는 대부분 분위기 좋은 레스토랑에서 만났다.

수제비를 맛있게 먹는 나를 보며 그는 깐깐해 보이는 여자가 식성은 의외로 소박하다며 다행인 듯 웃었다. 입안 가득 숟가락보다 큰 수제비의 쫄깃한 식감이 그 남자 앞에서 추임새를 넣으며 행복한 미소를 짓게 했다. 가루음식을 좋아했던 나는 특히 쫄깃한 수제비를 좋아했지만, 그와 먹는 건 처음이었다.

그 후로 주말이면 가끔 그곳을 찾았다. 부모님 도움 없이 신혼집 장만이며 결혼 준비에 무리했던 그에게 수제비 정도여야 더는 그의 지갑을 헐겁게 하지 않는다는 것을 나중에 알았다. 결혼생활은 확실히 연애가 아닌 현실이었다. 아기를 가진 나의 입맛은 종종 수제비를 찾았지만, 그는 분식을 그리 즐기지 않았다. 이따금 나와 함께 먹을 때도 있었지만, 다행히 백화점 푸드 코트는 각자 입맛대로 골라 먹을 수 있어 좋았다. 마치 장난감을 사 달라고 조르는 아이처럼, 수제비는 빠듯한 신혼살림에 오래도록 따라다니며 우리의 관계를 더욱 쫄깃하게 만들어 주었다. 그 때부터 나는 그 남자에게 수제비 한 그릇이면 신나 하는 '기억 속의 그대'로 저장되었다.

세월은 많은 것을 바꿔 놓았다. 서로의 기억 속에 존재하는 모습은 때론 전시관 유리장 속의 유물처럼 이미 서로의 생각 속에서만 기억되고 있는 건지도 모른다. 체형과 성격도, 습관과 입맛도 세월 따라 변하기 마련인데 순진한 남자의 마음은 그 자리를 크게 벗어나지 않았다. 맛집을 소개하는 방송에서 수제빗집이 나오면 세상에 맛있는 음식이 그토록 많은데도 그는 그곳을 꼼꼼히 메모해 두었다.

골목을 돌아 선명하지 않은 간판이 보였다. 외관도 허름한 수제빗집이었다. 고속도로를 달리며 너무 기대가 컸던 것일까. 둘만의 여행은 처음이었다. 생각이 많아 매사 우물쭈물하는 성격은 쉬 일상을 떨치지 못했고 그나마 기회가 될 때면 늘 아이들과 함께였다. 한낮의 햇살은 계절보다 한참 뜨거웠다. '지금은 그거 먹고 싶지 않다.'고 말하고 싶었지만, 그의 표정이 눈치 없이 밝았다. 분명 나를 위한 선택이었음을 알기에 내색할 수 없어 착잡했다. 맛집이라고는 하나 갑자기 높아진 바깥 온도에

169

커다란 양푼들이 널브러진 식당 주변을 보며 내적 갈등이 훅 올라왔다. 이제 그것은 날씨가 서늘한 날이나, 비가 내리는 날에나 가끔 먹고 싶은 음식이었다.

그가 주차하는 동안, 먼저 내려 줄을 섰다. 맛집으로 소문난 곳이고 점심시간이어서인지 이미 열댓 명 남짓 줄 서 있었다. 삼사십 분쯤 기다리는 지루함 속에서 방송에 소개된 내용이 적힌 플래카드를 보며, 그때서는 살짝 기대되었다. 다행히 내가 좋아하는 고향의 올갱이국처럼, 부추와 다슬기를 듬뿍 넣어 끓인 수제비는 담백하고 뒷맛이 칼칼했다.

수제비 한 그릇에 어느 때고 환한 볼웃음을 짓던 그녀는 어느 시간 속에 숨어버린 걸까. 이따금 새로운 장소에서 딸아이와 때론 친구들과 여러 나라의 색다른 음식을 먹는 새로움이 좋았다. 어느 날 시나브로 찾아온 노안처럼, 그녀도 모르는 사이 괄괄해진 성격은 그의 섬세함에도 소박한 낭만에도 자꾸 거리를 두게 했다. 요란한 사춘기를 지나는 오십 줄 그녀는 가까운 곳은 보지 못하고 시시로 먼 곳을 보고 있었다. 그러나 어느 밸런타인데이에 수줍은 고백을 하며 건넸던 색 바랜 메모지를 지갑 속에 끼워 넣고 다니는 그 남자에겐, 아직도 그녀가 때때로 손 카드를 건네던 그 시절 그녀로 남아있는 것일까.

봄 물결을 시샘하듯 느닷없이 쌀쌀해진 날씨에 비까지 겹쳤다. 얼큰

한 수제비가 생각나는 주말 오후다. 궂은 날씨에도 아이들은 각자 일로 외출하여 없고 둘만 남았다. 소파에 기대어 비스듬히 앉았다. 아기와 아빠가 나오는 텔레비전 프로에 정신없이 웃음을 빼앗긴 남자의 팔뚝이 새삼 따뜻하다. 얼마 전 여행 때 분위기도 모른다고 잠시나마 혼자 속으로 뚱했던 마음이 그의 진심을 알기에 미안했다. 결혼기념일을 겸한 오붓함에 아마도 나는 내심 특별함을 기대하고 있었나 보다.

언젠간 아이들 떠나고 없을 그 자리에 오롯이 옆지기가 되어 줄 그 남자의 오래전 기억으로 슬그머니 들어가 본다. 아무것도 모르는 무던한 남자의 신난 발걸음이 어느새 을지로입구역으로 향한다. 남자의 눈빛을 읽어주던 예전 그녀가 지갑 속 메모지를 잡고 남자의 발걸음을 사뿐 따라간다.

그곳에 가면 먹고픈 추억이 있다

김태식

결정을 해야 했다.

대학 생활도 중반으로 향해 가고 있었다. 일찍 군대를 다녀와 학교에 복학할 것인지, 아니면 장교로 임관하기 위하여 ROTC 과정을 이수할 것인지 선택을 해야 했다. 모든 일이 그렇듯 결정하기가 쉬운 것은 아니었다. 나의 미래가 걸린 문제니 더욱 그랬다. 조언을 해줄 사람이라도 있었으면 좋겠다고 생각했다. 더구나 군 입대를 앞두고 나는 자유분방함을 즐기고 있었다. 좋아하던 영화배우 '크리스 미첨'처럼 긴 머리를 휘날리며, 친구 선후배들과 어울려 무엇에 열중하는 줄도 모르는 채 시간을 보내고 있었다.

많은 세월이 흐른 지금에 와서 아들도 같은 고민을 하는 것을 지켜보았었다. 입대를 앞둔 청년들이 그러하듯 이 시기 대한민국의 남자들이 겪어야만 될 일이니 나 역시 예외일 수 없었다. 어버지의 영향 때문이었는지 남을 따르기보다는 이끌기를 좋아했기에 부하들을 지휘할 수 있는 곳에 마음이 끌렸다. 그렇지만 오랜 기간 장교 생활을 하신 아버지는 장교의 책임이 얼마나 큰지 아느냐고 하면서 일찍 군에 다녀오길 권유하셨다. 아마도 직업 군인이셨던 경험에서 우러나온 어려움을 자식에게는 시키지 않으시려는 걱정 때문이었을 것이다.

군사 훈련을 하며 학교 수업을 병행하느라 고된 생활을 하던 시절이었다. 훈련이 끝나면 동기생들과 어울려 골뱅이 안주에 맥주 한잔을 하며 피로를 풀곤 했다. 자연스럽게 훈육관들과 선배들을 안줏거리 삼아 스트레스를 풀 수 있었다.

이곳을 찾아올 때는 서두름 없이 여유로웠지만, 한잔 걸치고 떠날 때는 시간에 쫓겨 가며 뛰기 바쁘다. 왜 그리 시간이 짧기만 한지 아쉬워하면서 말이다.

을지로, 아마도 고구려 시대의 영웅인 을지문덕 장군의 성을 따서 이름 붙여진 것 같다. 우리에게 익숙한 충무로, 세종로 등이 그렇듯이 말이다.

을지로3가역 주변은 일명 골뱅이 골목으로 불리던 곳이다. 훈련에 지친 몸이 그곳에만 가면 언제 그랬냐는 듯 가벼워졌다. 아마 이곳의 자유로운 분위기와 그 골뱅이 무침 때문이었으리라. 파를 가늘게 썰어 대접에 넣고 거기에 북어포와 골뱅이를 넣어 무치면 되는 듯 보였지만, 그 생각을 하고 집에서 해보면 영 다른 맛이 나곤 했다. 거기에 푸짐하기만 했던 주인아주머니의 넉넉한 손도 한몫했으리라. 주변에 소규모 인쇄공장들이 꽉 들어찬 것도 그때 알았다.

그때가 생각나 골목을 찾아드니 사람이 변한만큼 그곳도 예전 모습이 아니다. 명맥만 이어오는 가게들이 드문드문하다. 지금은 그 곁을 노가리 안주에 호프로 바꾸어 번성하고 있는 가게들이 눈에 많이 띈다.

세월이 많이 흘러갔다. 사람들로 북새통 이루던 이곳도 지금은 한산하기만 하다. 골뱅이 골목과 인쇄 골목으로 흘러넘치던 사람들 모두 어디로 갔는지 궁금하다. 그 골목들이 지금은 출판 산업의 어려움과 함께 쇠락의 길로 접어들어 예전과 같은 활기를 찾지 못하고 있다. 지금도 간혹 그곳을 찾아 그 시절의 정취를 느껴보곤 한다.

학창시절 힘이 들 때 몸과 마음을 쉬게 했듯, 반가운 인쇄소의 기계 소리를 자주 듣고 싶다. 수많은 책을 만들어 대던 각종 기계들이 사라져 그 소리 또한 겨우 들린다. 그만큼 서점의 책도 줄어들어 아쉬움을 더한다.

요즘도 이곳에 오면 고된 훈련을 함께 하며 동고동락했던 친구들이 떠오른다. 모처럼 그들을 소집해 정겨운 곳으로 찾아 들어야겠다.

을지로의 골뱅이 골목

내 인생의 환승역

박희만

옛 단성사 극장 근처에서 모임이 있었다. 그곳은 귀금속상가 밀집 지역이다. 들리는 말에 의하면 단일시장으로선 세계에서 가장 큰 시장이라고 한다. 나도 오래전 그곳에서 명품생산의 꿈을 키우기도 했었다. 길을 나서다 보니 예정시간보다 일찍 도착했다. 시간의 여유가 있어 골목 구경에 나섰다. 골목길은 여전한데 오가는 사람이 적어 길이 넓게 보였다. 한때는 길이 좁을 만큼 많은 사람이 오갔던 골목이다.

골목 하나를 돌아 몇 발짝 걸었을 때였다. 맞은편에서 오던 사람이 허리를 깊숙이 숙이며 반갑게 인사를 한다. 엉거주춤 인사를 받으며 기억이 안 난다고 눈으로 물었더니 오래전 우리 공장에서 일했던 김 아무개라고 한다. 얼른 알아보지 못한 내가 섭섭했는지 그때의 상황을 설명하며 나의 기억을 일으키고 있었다. 그의 아내가 가출해서 어려울 때 도움을 많이 받았다는 설명을 듣다 보니 생각이 떠올랐다.

그 당시 저금한 돈과 빚까지 내어 남편 몰래 어느 투자처에 투자했다가 몽땅 날리고 수습할 수 없게 되자 아내가 가출했다는 김 기사였다. 애들하고 어렵게 사는 것이 안타까워 몇 번 도와준 적이 있었는데, 그것이 아직도 마음속에 남아 있었나 보다. 도움이 되었는지 모르지만, 한 솥에서 밥을 먹던 사람을 몰라보다니 미안했다.

오랫동안 적자에서 허덕이던 사업이 흑자로 돌아서자 출근하는 발걸음도 힘이 났다. 을지로4가에서 원남동까지는 교통편이 애매해서 다소 먼 거리지만 걸어 다녔다.

그 당시 예지상가 조흥은행(지금의 신한은행) 앞에는 할머니 두 분이 십여 미터 간격을 두고 연탄 화덕에 밤, 은행 등과 함께 가래떡을 구워 팔고 있었다. 그중 한 분은 얼굴에 주름이 골짜기를 이루고 있는 것이 연세가 꽤 깊어 보였다 가래떡을 좋아는 했지만, 그날그날의 일과를 생각하며 다니다 보니 그분들이 눈에 들어오지 않았다.

초겨울 싸락눈이 얼굴을 간질이며 내리는 퇴근길이었다. 그 앞을 지나는데 연세 높은 할머니가 다 낡은 파라솔 밑에서 쪼그리고 앉아 손님을 기다리고 있었다. 그날따라 그분의 모습이 어릴 적 뙤약볕에서 웅크리고 앉아 김을 매는 어머니의 모습과 겹쳐져 발걸음이 나아가지 않았다. 잠시 마음을 추스르고 파라솔 밑으로 다가갔다. 노릇노릇 먹음직스럽게 구워진 가래떡이 화덕 위에 쌓여있었다. 가격을 물었더니 '천 원에 세 개'라고 느릿한 말과 함께 손가락을 펴 보였다. 천 원을 건네고 떡 봉지를 받아들자 따뜻한 온기가 손바닥을 덥혔다. 그 후 퇴근 시간에 특별한 일이 없으면 그곳에서 가래떡 봉지를 사들고 5호선과 만나는 을지로 4가역으로 향했다.

겨울을 세 번쯤 만났을까, 예지동 거래처에 볼일이 있어 들렀다가 가래떡 할머니가 생각나 조흥은행 앞으로 갔다. 그런데 연세 높은 할머니는 보이지 않고 젊은 여인만 외롭게 자리를 지키고 있었다. 겨울이면 가끔씩 가래떡 온기가 피어올라 할머니를 생각나게 했었는데 궁금하고 불안했다. 그녀에게 안부를 물어보고 싶었지만 두려운 생각에 용기를 내지 못하고 돌아섰다.

몇 해 전 삶의 터전이었던 종로를 가기 위해 을지로4가 역에서의 환승을 접고 내 인생의 후반부를 보내고 싶은 문학의 길로 들어섰다. 나는 요즘 글쓰기 연습에 머리가 아프다. 연필로 썼다 지우기를 몇 차례, 그러다 지칠 때면 강의 기운을 받으면 도움이 될까 하여 자전거를 타고 한강공원을 다녀온다. 책상에 앉아 연습지에 연필을 세운다. 그래도 종이의 여

백은 채워지지 않는다. 생각다 못해 어느 작가의 경험담을 떠올려 막걸리 두어 잔 마시고 다시 책상 앞에 앉는다. 굳어있는 머리에서 생각나는 것은 막걸리뿐이다.

처음 가는 길은 두려움과 설렘의 길이다. 힘이야 들겠지만, 습작을 계속하다 보면 좋은 결과를 얻으리라 믿는다. 그곳에서 또 다른 나를 만나고 싶다.

무락카

서정문

　　전철은 벌써 동대문역사문화공원역을 지나가고 있다. 승객들
이 빠르게 내리고 분주하게 올라탄다. 마침 반대편에서 전동차가 들어
오고, 익숙한 풍경들이 천천히 스쳐 지나간다. 문득 오래전 육군사관학
교를 다닐 때 일들이 생각난다. 주말에 외출을 나오면 버스로 동대문 옆
을 지나 다녔지. 가을이면 역 위 동대문운동장에서 체육대회가 열렸고,
이후 동대문운동장은 철거되고 그 자리에 동대문역사문화공원이 들어
섰고, 2009년 12월 1일부터는 지하철역 이름도 '동대문역사문화공원역'
으로 이름이 바뀌었지.

　　'무락카'(육군사관학교를 비롯하여 해사와 공사의 체육대회가 일 년
에 한 번씩 열리던 때, 육사의 응원구호)를 외치며 성동 원두를 달리던
1976년. 동대문운동장은 3군 사관학교의 젊은 열기가 한껏 퍼지던 곳이

었다. 육사 1학년이었던 시절, 응원가인 〈나는 못난이〉 등을 부르며 열띤 응원을 펼쳤던 장소가 바로 동대문운동장이다.

3군 사관학교와의 경기에서 이기고, 동대문운동장에서부터 응원가를 부르며 태릉의 화랑대로 돌아오던 때가 바로 엊그제 같다. 그래서 이 부근을 지나가면 그 당시의 함성이 다시 들려오는 듯하다.

지금도 당시의 응원가가 흘러나오면 절로 몸이 좌우로 움직여지고 기계적으로 율동이 이어진다. 응원은 출전한 선수들을 위한 것이었으나 사실은 선수와 응원하는 이가 모두 함께하는 축제의 장 같은 것이었다. 승부도 중요하지만, 모두가 한마음이 되어 노래하고 환호성을 울리는 그것 자체만으로도 충분히 즐거운 시간이었다.

시골에서 고등학교를 졸업하고 서울 태릉에 위치한 육사에 가입교 한 날은 겨울의 한기가 매섭기만 한 1월 말이었다. 가입교란 육사에 정식으로 입교하기 위한 준비를 하는 기간이다. 2월 한 달 동안 육사에서 정식으로 교육을 받기 위해 준비훈련을 받는 기간이라고 할 수 있다. 민간인에서 군인이 되기 위한 기간. 4년의 교육 기간을 잘 견딜 수 있을 것인가를 시험하는 기간이기도 하다. 밥도 직각으로 먹고, 침구도 각을 잡아 정리한다.

매일 달리기를 하고 제식훈련을 받으며, 생도가 되기 위한 개인의 몸과 마음을 단련하고 시험한다. 단체 활동을 통해 개인이 아닌 공동생활의 기본기를 익힌다. 개인보다는 함께하는 생활을 우선하고, 극한 훈련을 이기기 위한 인내를 시험한다. 우리를 교육 맡은 선배 육사 생도님은 특히 우리들이 혹독하게 훈련하기를 원하였다. 매일 달리기를 하는 동안 매번 뒤처지는 동료가 있었다. 그래서 함께 달리지 못했다고 다시 추가 달리기를 해야 했다. 서로 부축하고 군장을 나누어 달리기해도 주저 앉는 동료의 어깨를 껴안고 달리기도 했다. 다른 중대원들은 달리기를 끝내고 샤워를 하면서 일과를 마치는데 우리는 자주 92고지 산을 올라야 하기도 했다.

　어느 날 밤. 살을 에는 추위에 모두 집합하라는 소식이 전해졌다. 자다가 일어나 모두 긴장한 채 연병장으로 이동하였다. 추운 바람 속에 움직이지 않고 오래 서 있었다. 그리고 언 잔디밭을 기기 시작하였다. 처음에 아프고 따가웠지만 이내 감각이 사라졌다. 나중에 보니 온 팔과 무릎, 다리가 피로 물들어 있었다. 그 밤 이후, 단체로 병원 신세를 졌다. 그 덕분에 후반 기초군사훈련 기간이 편해지기도 했다. 매서운 추위 속에서도 서로 격려하며 소리치고 다독였다. 그렇게 서로가 어려운 가운데도 그

것을 극복하면서 조금씩 군인이 되고 장교가 되는 길을 열어가기 시작하였다.

겨울은 그렇게 길었지만, 마냥 이어지지는 않았다. 매일 수업을 하러 가는 길옆 국기게양대 뒤편에는 노란 개나리꽃이 피기 시작하였다. 그 얼었던 연병장의 잔디밭의 눈도 녹기 시작하였다. 입학식이 열리면서 정식으로 육군사관 생도가 되었다. 그 과정에서 상당수의 동료가 합류하지 못하고 학교를 떠났다. 그런 친구들은 지금쯤 어디서 무엇을 하며 지낼까 궁금했다.

얼마 전부터 그렇게 먼저 학교에서 나간 친구들을 만날 기회가 생겼다. 사회에서 더 열심히 살아온 모습을 보기도 하고, 더 훌륭하게 내일을 준비하는 것을 지켜본다. 전동차는 빠르게 역을 벗어나고 있다.

신당동 떡볶이

이난

신당동은 떡볶이로 유명한 곳이다. 한국전쟁 직후부터 시작해서 1970년대 들어 입소문을 타고 떡볶이 거리가 조성되었다고 한다. 조선시대 후기의 조리서 『시의전서』에 의하면 떡과 나물류, 소고기를 간장양념에 조린 대표 궁궐 정월 음식으로 기록되어 있다. 지금 흔히 우리가 먹는 고추장이 들어간 빨간 떡볶이는 1953년부터 시작된 것으로 알려져 있다. 누구의 발상인지는 몰라도 전쟁 직후 빨간 떡볶이를 만들어 낸 것은 대단한 창작이다. 그도 그럴 것이 지금까지 누구나 즐겨 먹는 국민 간식이기도 하고, 이제는 외국인들조차 한국에 오면 꼭 먹어 봐야 하는 음식이 되었다. 더 나아가 떡볶이도 발전하여 요즘은 국물떡볶이에 감자튀김, 닭튀김이 사이드메뉴로 같이 나오는 곳도 생겼다. 매콤하고 달콤하기도 한 국물에 치즈까지 얹어 먹으면 그 맛은 환상이다. 진화는 어디에나 존재하나 보다.

　내게는 고교 시절의 친구가 다섯 명이 있다. 원래는 여섯이었는데 한 친구는 연락이 끊긴 지 오래되었다. 우리는 노래하기를 좋아해서 모이기만 하면 노래를 부르곤 했다. 가랑잎이 굴러가는 것만 봐도 웃음이 터지던 시절이었다. 학교는 사근동이었지만 신당역 부근이 집인 친구가 있어 자주 그 집으로 몰려갔다. 가끔은 그 동네로 가서 떡볶이를 사 먹기도 했지만, 먹성 좋던 시절이라 집에서 만들어 먹는 경우가 더 많았다. 배 농사를 지으시던 친구의 부모님 덕에 우리의 매운 혀가 살살 녹는 호강을 한다. 단물이 뚝뚝 떨어지던 아삭한 배의 맛은 생각만으로도 침이 고인다. 집안의 장녀인 이 친구는 늘 친구들을 불러 음식 만들어 먹이기를 마다하지 않았다. 그때는 어려서 몰랐지만 지금 생각해 보면 참 고마운 일이다.

　특별할 것 없는 일상을 보내던 우리는 고2의 겨울을 어떻게 재미있게 보낼까 연구했다. 금호동에 사는 친구의 제의로 위문공연을 생각했다. 이 친구는 제복을 좋아해서 길을 가다가도 제복 입은 군인을 보면 멋있다고 감탄을 하더니 결국 군인을 만나 결혼했다. 금호동 주변 산에는 수도방위사령부가 있었다. 부대에 허락을 받고 절에 다니는 오빠와 성당

다니는 동년배 친구, 이렇게 기타맨 둘을 섭외하여 며칠간 성당이나 빈 공간을 찾아 연습에 몰입했다. 결과는 대성공이었다. 당시의 군인 오빠들은 우리의 합창과 듀엣에 화려한 허슬 춤으로 화답을 해주었다. 덕분에 무료할 수도 있었던 크리스마스의 이브를 멋지게 보낸 것이다. 군인 오빠들도 즐거운 시간을 갖게 해줘서 고맙다는 인사를 했다. 사실 서울 한복판에 군부대 위문이라니, 지금 생각해도 우습긴 하지만 부대 관계자분들이 보기에도 어린 학생들 하는 짓이 귀엽지 않았을까. 아무튼 우리는 좋은 추억을 공유했다.

그 친구들의 아이들이 우리의 그때보다 더 나이가 들었으니 세월은 참 무심한 듯 빠르게도 간다. 친구들의 뒤치다꺼리를 귀찮아하지 않고 떡볶이를 만들어 주던 친구는 초등학교 교사가 되었고, 교사인 남편을 만나 지금은 시카고로 이민을 갔다. 자기관리를 잘하던 친구답게 아이들도 잘 키웠다. 제복을 좋아해 군인과 결혼을 한 친구는 드럼을 배워 여기저기 공연을 다니기도 한다. 각자의 개성은 다르지만, 자신의 위치에서 다양하게 살아가는 모습도 보기 좋다. 도시 생활이란 게 바쁜 건지 정신이 없는 건지, 한국에 있는 친구들조차 자주 만나지는 못한다. 얼마 전미국으로 간 친구가 한국에 온다는 소식을 전해왔다. 이 친구 덕에 2년 만에 반가운 얼굴들을 보게 된다. 남들에겐 중년 아줌마들일지 몰라도, 우리 눈엔 늘 그대로인 친구이다.

오늘은 이 친구들을 만나러 간다. 오랜만에 떡볶이를 먹으며 빨간 국물을 흘리기도 하고 칠칠맞다는 기분 좋은 구박(?)도 하게 될 것이다. 떡볶이가 매운맛뿐 아니라 달콤함도 섞여 특유의 감칠맛을 내듯이, 친구도 그런 것 같다. 서로 다르지만 그 다름을 인정하며 섞여 긴 시간을 함께한다.

인간관계라는 건 혼자 유지가 되는 건 아닐 게다. 만나려고 노력하지 않는 친구에겐 서운함을 넘어서는 감정도 생기지만, 아무렴 어떠랴. 각자의 주어진 시간을 알뜰하게 쓰면 되는 거고, 무소식이라는 건 잘 지내고 있다는 뜻일 테니까. 일 년이 한 달같이 흐르는 나이에, 아무 일 없다는 듯 그동안의 이야기로 긴 수다를 떨겠지.

이런저런 생각을 하다 보니 집을 나서는 내 마음은 학창시절로 돌아가 신당역을 향해 경중거리고 있다.

주소가 어려웠던 동네

박기수

88 서울올림픽이 있던 해다. 뭔가 좀 나을까 싶어 신설 은행으로 직장을 옮겼다. 두 번째 부서로 청계8가지점 개설준비위원으로 발령이 났다. 청계8가지점이니 청계천로 어디쯤 있으려니 했는데 답사해 보니 상왕십리동이었다.

지금 '왕십리'란 공식 지명은 존재하지 않는다. 상왕십리동, 하왕십리동 외에 홍익동, 도선동, 행당동 등으로 분화되었다. 1975년 중구로 편입된 상왕십리역 남측의 무학동도 원래는 성동구 하왕십리동이었는데 구까지 바뀌며 왕십리에서 다소 멀어진 느낌이다.

개점을 준비하며 동네 파악을 위해 상왕십리동 사무소를 찾으니 그런 곳은 없었다. 왕십리2동 사무소 관할이라 했다. 상왕십리동은 법정동이고 행정동은 왕십리2동이라 하였다. 법과 행정은 뭐가 다른지, 행정은 법대로 하는 것이 아닌지, 왜 같은 동네가 두 개의 이름으로 존재하는지 그때는 도무지 이해되지 않았다. 행정 수요에 따라 법정동이 행정동으로 나뉜다는 걸 나중에 알았다. 어떻든 상왕십리동은 왕십리2동, 하왕십리동은 왕십리1동 관할이었다. 상중하 순서로도 1, 2동이 바뀐 느낌이었다. 주소와 동사무소 찾기가 참으로 어려운 동네였다.

개점 이후 주소를 들고 동사무소를 찾는 분들이 은행으로도 꽤나 드나들었다.

역명까지 혼란을 부추겼다. 상왕십리역이니 상왕십리동에 있어야 할 텐데 하왕십리동에 소재하고 있었다. 왜 그런지 시원한 답을 들을 수 없었다.

2014년, 도로명 주소까지 시행되었으니 왕십리 일대는 더 혼란스러웠을 것이다.

신설 은행으로서 기존 은행을 따라잡으려니 영업 목표가 과중하였다. 사령관인 지점장까지 은행에서 몇 손가락 안에 들던 권위주의자였다. 직원들 스트레스가 많았다. 그 때문만은 아니었지만 직원들끼리 술자리가 잦았다. 다행히 지점 주변에는 하루의 고단함을 달래기에 좋은 소줏집들이 산재해 있었다.

지금은 전국 프랜차이즈로 발전한 원할머니 보쌈집이 지점 맞은편 황학동에 있었다. 가끔 들렀지만 고기가 팍팍하고 느끼한 것이 내 취향은 아니었다.

우리는 아롱사태와 차돌박이로 유명했던 고바우집을 사랑했다. 당시 육십 중반의 사장님께서 잘 숙성된 고기를 직접 썰어 테이블에 올리셨다. 삼겹살 등 다른 메뉴도 있었지만 우리는 다른 데서는 만나기 어렵고 가성비 좋은 아롱사태를 즐겼다. 부드럽게 익은 아롱사태를 파무침에 얹어 소주 한잔과 함께 하는 맛은 정말 최고였다. 가게는 늘 술꾼들로 붐볐다. 은행 일이 지겨워 아롱사태집이나 할까 하고 사장님께 다짜고짜 분점 하나 내달라고 한 적이 있었다. 사장님은 아롱사태는 소 한 마리에 팔뚝 두 개 분량밖에 나오지 않아 마장동 우시장에서도 늘 업자들 몫도 항상 부족하다 했다. 그리고 고기 장사가 보기처럼 쉬운 것이 아니라고 했다. 완곡한 거절로 이해되었다. 투박한 사장님이었지만 우리가 들를 때마다 아롱사태를 넉넉히 담아주던 인정 많은 분이었다. 얼큰한 취기에 당시 막 유행하기 시작한 김○○ 가수의 〈59년 왕십리〉를 흥얼대며 전철역까지 걸어가곤 했던 기억이 아련하다.

YS의 대도무문大道無門이 연상되던 시골스러운(?) 이름의 대도식당이란 고깃집도 가까이 있었다. 주물럭 맛이 일품인 이 집도 언제부턴가 체인점들이 늘어나고 있다.

또 간판이 없어 그 존재조차 알기 어려웠던 민어집도 있었다. 노 할머니께서 두 척尺 넘는 반건조 민어를 오븐에 쪄서 정갈한 반찬과 함께 한상 차려 냈는데 우아하고 고급스러웠다. 단독주택에 작은 방이 하나뿐인 집이라 점심 저녁 한 팀만 받고 영업을 끝냈다. 하늘 같은 은행장님의 단골집이기도 했다. 계산할 때 수표 내고 잔돈을 받으려 하면 촌놈이라고 했다. 손님 대접으로 두어 번 가 본 것이 전부다.

몇 년 전, 싸게 분양하는 아파트가 있어 답사 차 왕십리에 다시 갔다. 승객이 적어 썰렁하기까지 했던 상왕십리역은 이젠 에스컬레이터로 뉴타운과 바로 연결되며 산뜻하게 리모델링되었다. 입주가 완료되는 왕십리 뉴타운은 고샅에 개똥 굴러다니던 옛 모습이 아니었다. 잠실이 무색한 대단지 아파트들로 채워져 있었다. 밤에도 거리를 편히 오가는 처자들이 적지 않았다. 동네가 전면 재정비되었으니 이제 주소 찾기는 좀 쉬워졌을 것 같았다.

참새가 방앗간을 어찌 지나랴. 침샘 돋는 고바우집을 다시 찾았다. 그런데 몇 바퀴를 돌아도 그 집이 보이지 않는다. 혹시나 해서 동네 분에게 물으니 3년 전 문을 닫았다며 바로 앞 신축 빌딩을 가리켰다. 재건축되며 고바우집은 이름조차 남기지 못했다. 이럴 거면 나한테 전수나 좀 해 주시지…. 10여 년 전 다시 왔을 때도 할아버지 사장님은 돌아가셨고, 확장 이전한 집에서 할머니께서 고기를 대신 썰어 올렸었다.

개발이 늘 멋진 성공과 기쁨만 안겨주는 것은 아니다. 누구는 삶의 터전을 통째로 내놓아야 하고, 또 다른 사람들은 오랜 친척, 친구들과 원치 않는 이별을 감수해야 한다. 허전한 마음으로 상왕십리역으로 발길을 돌린다. 이제 말끔해진 거리와는 어울리지 않을 듯한 〈59년 왕십리〉가 다시 떠오른다. '정 주던 사람은 모두 떠났고….' 우리들 추억도 그렇게 낙엽처럼 흩어지고 있었다.

개똥 굴러다니던 상왕십리역 남쪽 단독주택지역은 1세대 뉴타운으로 개발되었다.

환승역

김정순

왕십리역을 생각하면 뭐라고 딱히 말할 수 없는 감정이 인다. 딸애가 난치병 진단을 받고 이 역 인근에 있는 ㅎ병원에 다니기 시작한 것은 열다섯 해 전이다. 입·퇴원이 반복됐고 그때마다 왕십리역에서 내려 셔틀버스를 타거나 걸어서 병원에 다녔다. 전동차에서 나와 곧장 가다가 코너를 돌아 계단을 오르내리다 보면 절제할 수 없던 서러운 감정이 수그러졌다. 역 안에서 밖으로 이어지는 그 길은 내 눈물, 한숨, 기쁨, 감사, 바람 같은 숱한 감정을 기억하고 있을 것이다. 늘 제자리에서 함께 슬퍼해 주고 기뻐해 주었던 그 길이 있어 쉼 없이 밀려오는 파고를 헤집고 여기까지 올 수 있었지 싶다.

그 무렵 병원에서 만난 많은 이들 가운데 두 사람은 요즘도 가끔 나타나 나를 돌아보게 하곤 한다.

ㅎ병원, 5인 병실이었다. 서른 해 넘게 시장에서 더덕과 연근 장사를 했다는 이 씨를 비롯해 아들이 음대 교수라며 거들먹거리던 김 씨, 할아버지의 극진한 사랑으로 사람들의 부러움을 받는 일흔 살 박 노인, 관절염이 심해 휠체어를 타고 다니던 삼십 대 중반의 곱상한 서 씨, 대학생인 스물둘의 딸까지 병실에는 다양한 환자들이 모여 있었다.

각기 다른 병명으로 들어온 그들의 모습만큼이나 풍겨 나오는 느낌도 달랐다. 이들의 보호자와 문병 오는 사람들을 보면서 나는 나름대로 그들이 평소에 어떻게 살았는가를 가늠해 보곤 했다. 그중에서도 채소 장사를 하는 이 씨와 대학교수 아들을 둔 김 씨가 특히 눈길을 끌었다.

두 분은 쉰아홉의 동갑내기였다. 수더분하게 보이는 이 씨에겐 병실이 축제 마당 같았다. 딸과 며느리가 교대로 잠을 자며 시중을 들었다. 친척과 이웃의 발길이 입원 내내 이어졌다. 손주들이 발을 주무르고 얼굴에 입을 맞추며 빨리 나으라고 재롱을 떨었다. 아이들은 방문객들이 가지고 온 음료수와 과일을 환자들에게 갖다 주며 병실 안의 그늘까지 걷어냈다.

아들이 교수라고 하는 김 씨에게선 늘 찬 기운이 돌았다. 거동이 불편해 보호자가 필요한 데도 돕는 이가 없었다. 교수라는 아들만 밤에 들려 두세 시간 무표정한 얼굴로 앉아 있다가 갔다. 도움 받을 일이 있으면 조

금도 망설이지 않고 다른 사람의 보호자를 부르거나 간호사를 불러 해
결했다. 도움을 청하면서도 어쩌나 당당한지 그녀의 얼굴을 한 번 더 보
곤 했다. 열흘 남짓 머무는 동안 어느 한 사람도 모습을 보이지 않았다.
오직 혼자였다. 그녀 곁에 왜 사람이 없는지를 조금은 알 것 같았다.

　딸의 보호자로 이들과 한 공간에 살면서 머물고 있던 입원실에 대해
생각해 보았다. 이곳에 오고 싶어서 온 사람은 아무도 없었다. 딸애와 나
만 해도 그렇다. 신이 사람들을 불러 모아 자신이 걸어온 길을 되돌아보
게 하는 장소라고나 할까. '네가 가야 할 길은 그 길이 아니야, 그렇게 살
면 안 되지.'라며 바르게 살 기회를 주는 것 같기도 했다. 세상을 호령하
던 사람도 벌벌 떨었다. 강퍅하던 사람도 착해졌다. 지금까지 걸어가던
길에서 전혀 다른 길로 가는 사람도 보였다. 자신이 어느 날 안개처럼 사
라지는 존재라는 것을 확인하는 곳이기도 했다. 이곳에서 생을 마치는
사람도 있는데 우리는 저마다 퇴원하는 날짜는 달랐지만, 다시 살 기회
가 주어졌으니 그래도 복 받은 이들에 속한다고 하겠다.

　진료를 받으러 갔다가 허리에 염증이 있다고 붙잡힌 딸애는 그곳에서
백여 일을 보냈다. 모기 소리만 한 딸아이의 앓는 소리에 자다가도 벌떡
일어나곤 했다. 눈물샘이 터진 듯 쉼 없이 눈물이 솟았다. 밝고 환한 색
이 주조를 이루던 내 길에 어두운 색이 덧칠해지고 있었다. 다니던 학교
까지 휴학했는데 결과는 참담했다. 진단을 잘못 내려 엉뚱한 치료만 받

은 것이었다. 남편의 세 달 급여가 사라졌다. 어이없고 억울했다. 하지만 어쩌랴. 그래도 집으로 갈 수 있어 기뻤다.

채소 장사 이 씨와 아들 자랑하는 맛으로 사는 김 씨 같은 이들을 요즘도 주변에서 자주 본다. 내 안에서도 이 두 사람을 만나곤 한다.

아홉 해 전 양평으로 이사했다. 서울 나들이를 할 때는 으레 경의중앙선 전철을 타는데 목적지에 따라 다르지만, 주로 왕십리역에서 내린다. 분당선과 지하철 2호선, 5호선의 환승역이라서다. 자주 타는 노선에 이런 환승역이 있어 오갈 때 얼마나 편리한지 모른다.

길을 가다 보면 곧장 갈 수도 있지만 더러는 다른 노선으로 갈아타야만 할 때가 있다. 이때 갈아타야 할 역이 없다면 얼마나 막막할까. 왕십리역처럼 ㅎ병원은 내게 환승역 같은 곳이었다.

원하던 대학에 다니게 된 딸아인 하늘의 별이라도 딸 듯 자신감이 넘쳤다. 한 번에 쭉 갈 수 있는 차를 탔다고 기뻐했는데 몇 정거장 가다가 내려야만 했다. 예정에 없던 환승역에서 머물며 많은 사람을 만났다. 딸애와 내가 그곳에서 혹독한 훈련을 받은 것은 이 씨 같은 사람이 되라는 신의 뜻이 담겨있지 않았을까.

왕십리에도 문학의 향기가 있다. 요절한 천재 시인 소월이 이 동네에서 하숙할 때 놀러온 친구를 배웅하며 시 '왕십리'로 이별의 아쉬움을 달랬다 한다. 왕십리광장에 소월 시비가 있고, 상왕십리역 벽면에도 같은 시가 걸렸다.

떠나려 한다

김태식

떠나려 한다. 연약한 날갯짓하며 첫 비행을 멋지게 성공해 어미에게 보호받던 둥지를 떠나 제 갈 길 찾는 멧새 새끼처럼. 그것이 우주의 이치려니 하다가도 조금은 서운한 느낌이 마음 한구석을 공허하게 만든다. 그래도 만나면 즐거움을 주는 사람을 만났다는 것이 기쁘기는 하다.

한동안 의지와 상관없이 한양대역을 자주 가야 했던 적이 있었다. 친구라도 만나러 나서는 길이었더라면 발걸음도 경쾌하였겠지만, 심각한 상황에 놓인 처자식을 찾아야 하는 심정이 오죽했으랴.

가을의 끝자락을 향해 가는 거리로 윙윙대는 바람이 차고 시리다. 잎새를 거의 떨군 나뭇가지를 모질게 회초리질이라도 하려는 듯 더욱 매섭게 몰아친다. 이들마저 가슴이 무겁고 혼란스러운 나의 마음을 헤아려주지 않고 황량하고 쓸쓸하게 하는 것 같다. 귓불을 스치며 서서히 다가서는 추위도 무감각하게 지나치도록 만들었다.

물론 주변을 살펴볼 처지가 아니었지만, 아직 개발 전의 어수선한 모습이 많이 남아 있는 산잡한 주변만큼이나 내 마음도 어지러웠다. 마음의 준비라도 하게끔 예고라도 했으면 그나마 나았겠는데 갑작스럽게 찾아온 불행이 믿기지 않았다. 처음 당하는 일들이 모두 낯설기만 했다. 생과 사에 대해서 처음으로 심각하게 고뇌하는 힘겨운 시기였다.

아내는 어느 날 몸이 부으며 앞이 보이지 않는다고 했다. 정기검사 때에도 아무런 문제가 없었다. 끝없이 오르는 혈압에 눈도 보이지 않고 몸은 퉁퉁 부어오르니 곁에서 보는 내가 더 무서움을 느껴야 했다. 임신중독, 그것이 그렇게 무섭다는 것을 그때 알았다.

동병상련이란 말이 이래서 나온 것 같다. 대학병원 산부인과 중환자실 앞을 지키는 사내들 모두가 서로 비슷한 처지였다. 군에 갓 입대해 모든 것이 생소한 시절 동기를 무작정 의지했듯 스스로가 버팀목이 되어준 날들이었다. 이야기를 나누며 사연을 알아 갈수록 나보다 더한 처지를 위로도 해야 했고, 그것을 통해 나의 행운(?)을 위안 삼기도 했다.

주치의에게 아이는 괜찮을지 물어보니 산모가 위중한데 그런 걱정하고 있냐는 핀잔을 들었지만, 아이가 건강했으면 하는 바람이야 당연했다.

태어나면서부터 공정하지 못한 선택을 받았다. 작은 바람에도 나부끼는 촛불처럼 그렇게 어둠과 밝음을 오가곤 했다. 딸과 나와의 첫 대면은 이렇게 시작했다. 새 생명을 바라보는 마음은 늘 축축하게 젖어 있었다.

얼마 전 세상을 놀라게 한 사건이 생각난다. 수많은 이야기를 끌어안고 어렵사리 세상 구경했는데 어느 대학병원에서의 어이없는 실수로 미처 피어보지도 못하고 시든 작은 생명들의 소식을 대하니 가슴이 아프다. 그 사건을 바라보는 나에게는 남의 일이 아니었다.

지금도 세상의 모든 미숙아에게 신의 은총이 함께하길 간절히 기도한다. 간혹 그들 곁을 지나치는 경우, 그 가족에게 조금이라도 희망의 힘을 전해주려 애쓴다. 피할 수 없으면 편하게 받아들이는 것이 좋을 때도 있기 때문이다.

샘이 많아 오빠하고 종종 싸우고 토라지긴 해도 잠시 후면 언제 그랬냐는 듯 헤헤 웃는 모습이 예쁘기만 하다. 이웃의 담장을 넘다 이마를 꿰매어 나의 맘을 애타게 만들기도 하고, 식구도 모르는 주변 사람들을 모두 알고 지낼 정도로 친화력도 좋다. 겨울날 약하게 태어나서 그런지 요즘처럼 맹렬한 한파가 닥쳐오면 오한 걱정으로 핫팩을 두세 개 붙이고 또 가지고 다니는 것이 안쓰러울 때가 많지만 어쩌겠나, "보약이나 좀 해 먹여" 하고 아내에게 채근할 수밖에는 해 줄 일이 별로 없다. 그래도 약한 몸에 비해 모든 운동을 잘해 흐뭇하기도 하다. 마음은 한없이 여려 걱정스럽기도 하지만 일하는 것을 보면 야무지게 해내는 모습이 믿음직스럽다.

그동안 집 속의 멧새 새끼들처럼 여리고 허약해 둥지를 튼튼하게 만들려고 애썼다. 그래서인지 무럭무럭 자라서 어미 곁을 떠나는 새끼처럼 자신만의 세계를 꿈꾸며 날아오르려 하는 것인가.

지금은 어느덧 숙녀!

간혹 밖에서 언짢은 일이라도 있는 날은 엄마에게 짜증을 내도 오래 가슴에 묻지 못하고 먼저 손들고 나온다. 그런 딸과 요즘 숨바꼭질하기 바쁘다. 평생의 배필을 만나려는 모양이다. 조금이라도 늦게 귀가하려는 딸과 빨리 들어오라고 재촉하는 나 사이에 분쟁 조정하기 바쁜 아내의 속마음도 바쁘기는 마찬가지다.

난생처음 산부인과 중환자실에서의 기억이 새롭다. 마치 내가 고시원 쪽방에라도 와 있는 듯했다. 옆 환자와 커튼 하나를 벽 삼아 아내를 위로하며 곁을 지키던 모습이 떠오른다. 나 역시 처음 당하는 일에 무섭고 초조했지만, 안정하지 못하는 아내를 위해 최선을 다한 날들이었다.

요즘도 가끔 한양대역을 지난다. 이곳도 이제는 심정이 어수선하던 예전 그때와는 다르게 지금의 나처럼 안정을 되찾았다. 그렇지만 시간은 흐르고 모습이 변했다고 그때의 기억이 마음에서까지 멀어진 것은 아니다. 이곳을 지날 때마다 그것이 선명하게 떠오르니 말이다. 조그만 충격에도 부서질 것만 같았던 그 아이도 이제 속이 꽉 차 예쁜 숙녀가 되어 나를 기쁘게 한다.

이제 나의 곁을 떠나갈 때가 가까워진 것 같다. 아빠보다도 더 좋은 친구를 만났기 때문이다. 그때는 마음이 허전하더라도 눈을 부릅뜨고 눈물을 참아야 할지도 모르겠다. 흐르는 눈물을 그냥 둔들 또 어쩌랴. 나도 마음 여린 장인에게 그렇게 했을 것을.

그동안 딸과 지내온 일들이 마음속에 추억으로 켜켜이 쌓여 재밌는 그림책이 되어 남았다. 이제 딸이 둥지를 떠나더라도 이제껏 아빠와 그랬던 것처럼 또 다른 자신만의 즐겁고 보람된 이야기를 엮어 내리라 믿는다.

뚝섬갈비

박희만

　　60년대 처음 서울에 올라왔을 때만 해도 뚝섬은 서울이면서도 시골 풍경이었다. 중랑천을 사이에 두고 도시와 시골이 확연히 구분되었다. 그 당시 서울 시내는 전차가 다녔지만, 뚝섬은 기동차가 동대문에서 뚝섬을 거쳐 광나루까지 다녔다. 한번도 타보진 못했지만, 전차와 비슷한 모양의 기동차가 기우뚱거리며 다니는 것을 호기심으로 바라보곤 했다.

　뚝섬역은 고가철도 위에 세워진 몇 개 안 되는 역 중에 하나다. 뚝섬역을 지날 때면 뚝섬갈비가 떠오른다. 한때는 서울에서 김치를 뚝섬갈비라 부를 때가 있었다. 요즘이야 고기가 흔하지만, 그때만 해도 서민들에게 돼지갈비니 소갈비니 하는 말은 먼 얘기였다. 갈빗집을 나서며 이쑤시개를 물고 나오는 사장님들을 선망의 눈으로 바라보기도 했다.

열무김치의 심 또한 고기에 못지않아 먹고 나면 이쑤시개를 찾는다. 고기를 마음대로 사먹지 못하는 서민들은 김치를 먹고 이를 쑤시며 한 풀이를 하지 않았을까 하는 생각도 든다. 소문에 의하면 열무김치를 먹고 나름대로 기분을 내는 데서 열무김치를 뚝섬갈비라 불렀다고 한다.

여름이 무르익는 어느 휴일, 서울 생활을 먼저 시작한 친구가 한강에 멱 감으러 가자고 졸랐다. 한 번도 한강을 가보지 못한 나는 호기심에 소풍 가는 어린아이처럼 설렘을 안고 따라나섰다. 사근동 꼭대기에서 한양대학을 지나 성동교를 건너 뚝섬에 도착했다. 성동교 위쪽에는 살곶이 다리가 한쪽이 무너진 채 무거운 세월을 등에 업고 촌로처럼 버티고 있었다. 중랑천을 내려와 한강으로 이어진 둑길을 따라 한강(지금의 서울숲 앞)둑에서 햇살을 피해 미루나무 밑으로 들어갔다.

둑 안쪽의 넓은 경마장에서는 많은 사람이 달리는 말들을 응시하며 응원하고 있었다. 힘차게 달리는 말들을 보니 인생의 출발점에 서 있는 나도 저처럼 힘차게 달려야 한다는 생각이 들었다. 경마장 주변은 가로세로 잘 정돈되어 있는 채소밭들이 푸르름을 뽐내며 넓게 펼쳐져 있었고, 듬성듬성 집들이 흩어져 있었다. 넓은 채소밭을 바라보니 둑 가까운 곳의 밭 한 뙈기에 먹음직스러운 왜무가 땅 위로 솟아있는 것이 보였고,

한쪽에선 밀짚모자를 눌러쓴 사람이 무를 뽑고 있었다. 밭 끝자락에는 허술한 집 한 채가 한낮의 뜨거운 햇살을 머리에 이고 힘겹게 버티고 있었다. 식욕을 느낀 우리는 고향에서의 경험을 떠올리며 천천히 무밭으로 내려갔다. 밭 가까이 다다르자 무를 뽑던 사람이 서서히 우리와 보폭을 맞추고 있었다. 무 서리하기 틀린 것을 느낀 우리는 생각을 바꾸어 사정해 보기로 하고 어른 앞으로 갔다. 나보다 체구가 컸던 친구가 넉살 좋게 배를 쓸며 '무 하나 얻을 수 없겠냐.'고 사정했다. 우리를 번갈아 가며 훑어본 그분은 우리의 사정을 알고 있는 듯 '집 나오면 고생이지.'하며 상품 가치가 떨어지는 것으로 하나씩 뽑아주며 '먹을 만할 거야. 여기 사람들은 무 껍질 벗겨 먹는 것을 갈비에 비유해서 뚝섬갈비로 불렀다.'고 묻지도 않은 말을 덧붙였다. 우리는 허리를 깊숙이 숙이며 "뚝섬갈비 맛있게 뜯겠습니다."라고 인사하고 올라왔다. 한강 물에 무를 씻어 발길이 뜸한 석축에 앉아 뚝섬갈비를 뜯었다. 멀리 맞은편(지금의 청담동) 과수원에선 농부들이 오락가락하며 내 남쪽의 고향을 불러오고 있었다. 갈비를 다 뜯은 우리는 속옷 차림으로 강물에 뛰어들었다. 물장구를 치며 위쪽을 보니 수영복 차림의 여성들이 몸매를 자랑하며 즐거워하는 모습이 우리와 대조적이었다. 얼마를 놀다 보니 허기가 찾아왔다. 뚝섬갈비가 생각났지만, 눈요기로 허기를 채우고 나무에 걸어놓았던 옷을 주섬주섬 입고 왔던 길을 되돌아갔다.

카카오톡 서비스가 시작되기 전에 두어 번 뚝섬역과 뚝섬유원지역을 혼동하는 택시기사를 만난 적이 있다. 그들은 하나같이 뚝섬역을 뚝섬 유원지역으로 착각하고 있었다.

얼마 전 모임에 나가서 시간 가는 줄 모르고 놀다가 대중교통을 못 타고 불가피하게 택시를 탔다. 뚝섬유원지역으로 가자고 목적지를 알리고 등받이에 몸을 기댔다. 노래방에서의 피로가 잠을 청하고 있었다. 실눈을 감았다 떴다 몇 번 한 것 같은데 어깨를 흔들며 다 왔다고 친절하게 깨운다. 몽롱한 기분으로 차에서 내렸다. 두리번거리며 사방을 둘러봐도 나를 아는 체하는 그 무엇도 보이지 않았다. 마음을 가다듬고 앞에 서있는 사각기둥을 올려다보니 뚝섬역 8번 출구라는 노란 글씨가 유난히 빛나고 있었다. 내가 타고 온 택시는 다음 손님을 찾아 떠나고 간간이 지나가는 택시만 원망스레 쳐다보았다. 뚝섬역은 나를 밀어내고 있었다.

한강 변 아이들

이난

　어릴 적 다니던 초등학교에 가 본 적이 있는가? 가 보았다면 누구나 비슷한 생각을 할 것이다. 햇살 가득한 운동장 한 귀퉁이에 서면 그때는 크게만 보였던 그곳이 어릴 적 보던 것보다 훨씬 작다는 것을 알게 된다.

　내가 다니던 초등학교는 성수동에 있었다. 저학년 3년 동안은 집에서 한참 먼 다른 학교로 다녔다. 1970년대만 해도 오전, 오후반으로 나누어 수업을 할 정도로 아이들은 많고 교실은 공간이 적었다. 그래서인지 3학년까지의 수업을 마치고 이곳의 학교로 전학을 오게 되었다. 나중에 알고 보니 주변의 세 학교에서 인원을 나눠 새로 지어진 학교로 보내진 것이었다. 성수동이라는 지명에는 두 개의 설이 있다. 조선시대 '성덕정'이라는 정자가 있었고, 또 '뚝도 수원지'가 있던 곳이라고 하여 이 둘의 첫 머리를 따서 성수동이 되었다고 하는 설과, 맑은 물이 흐르던 성덕정이라는 정자에서 선비들이 풍류를 읊어서 성수聖水동이 되었다는 설도 있다. 기억하기로는 지금은 복개천이 되었지만 2호선이 지나는 성수역의 아래 길은 개천이었다. 학교에 오고 갈 때만 해도 이 개천의 양옆으로 잡초들이 무성했다. 그러나 성수라는 이름에서 느껴지는 이미지만큼이나 물이 맑지는 않았던 것 같다.

   사람들과 이야기를 나누다 보면 성수동이란 지명보다 뚝섬이라고 할 때 더 빨리 알아듣는다. 뚝섬에는 지금과는 사뭇 다른 모양의 유원지가 있었다. 긴 모래사장이 있었고 공룡같이 커다랗게 느껴지던 미끄럼틀도 있었는데, 시커멓고 투박한 모양새 때문에 타기 전부터 두렵기도 했다. 처음 탔을 때의 속도감은 무서웠다. 바닥으로 빠르게 내려오던 뜨거운 마찰열이 내 미끄럼틀에 대한 첫 기억이다. 지금은 사라지고 없지만, 모래사장에서 모래성을 쌓기도 하고 두꺼비집을 짓기도 하며 하루를 보냈다. 얕은 물가에서는 친구들과 송사리를 잡아 고무신에 담아오기도 했다. 모래사장 옆의 밭에서 가지를 따먹기도 했는데, 생가지의 아린 맛과 함께 입술은 보라색으로 물들곤 했다. 때론 굿하는 장면도 볼 수 있었다. 빨갛고 파란 줄이 달린 모자를 쓴 무녀가 경중경중 뛰며 뭐라고 외치기도 했는데, 그들 가운데 있는 커다란 거북이를 강으로 무사히 돌려보내려는 굿이라고 했다.

　유치원에서 봉은사로 소풍을 갈 때는 나룻배를 타고 갔다. 사람의 기억이란 어떤 부분에서는 참 또렷하다. 그 나룻배를 타고 강을 건너면서 내려다보았던 한강물의 검푸르던 느낌이 그랬다. 난생처음 배를 탔다는 것도 신기했지만, 강물의 한가운데서 보는 물의 색깔이 왠지 무서웠다.

　영동대교가 생기기 전이었으니 지금 생각하면 '호랑이 담배 피던 시절'의 이야기다. 영동교 공사를 할 때만 해도 땅을 팔 때 해골이 나왔다는 이야기도 돌았다. 내가 태어나기 전에 그곳이 공동묘지였다고도 했고, 물놀이를 하다 물에 빠져 사고를 당한 사람도 많아 거적을 씌워놓은 시체도 있었다고 하니 있을 수 있는 이야기다. 사내아이들은 수영복이나 속옷, 또는 아예 벌거벗은 채 물놀이를 하기도 했다. 탈의실 같은 시설은 아예 없었다. 주변 풀숲에서 옷을 갈아입고 놀다가 나와 보면 누군가 옷을 집어가 버리는 경우도 있었다. 모든 것이 풍족하지 않았던 시절이었으니 그럴 만도 했겠지만, 옷을 잃어버린 사내아이들이 어떻게 집으로 갔는지는 상상할 만하다. 둑방에 길게 서 있던 버드나무는 지금은 잘 볼 수 없는 토종 버드나무였다. 긴 둔덕이 이어진 둑방길은 두세 사람정도가 나란히 걸을 수 있는 폭이어서 산책을 하기도 좋았다. 연초록 나뭇잎이 새록새록 돋을 때면 데이트를 하는 연인들도 보였다. 하지만 그때만 해도 남녀가 손을 잡고 다닌다거나 나란히 걷기만 해도 시선이 집중되된 시절이었다. 아이들은 뒤를 졸졸 따라다니며 손나팔을 만들어 "얼레리 꼴레리, 연애한대요." 하며 입을 모아 놀려댔다. 요즘의 20대들로선 상상하기 힘들지도 모르겠다.

지금의 성수역 주변은 수제 구두 골목으로 더 유명하다. 유명 수제화의 아울렛 매장도 여러 곳이 있지만, 소상공인들의 장인정신을 발휘한 구두점도 많다. 그런가 하면 강릉의 커피 공장에서나 볼 법한 실내장식이 독특하고 넓은 카페들도 많다. 옛날의 공장건물을 부분적으로 보수하여 그들만의 신선한 문화를 만들어 낸다. 환경보호를 위해 플라스틱 봉지를 전혀 사용하지 않는 가게도 있다.

어릴 때는 내 키만큼만 보이는 세상이 전부인 줄 알고 산다. 오랜 세월이 흘러 다시 찾은 학교의 운동장이 생각보다 작았다는 깨달음처럼, 시간이 지남에 따라 모든 것은 바뀌고 발전한다. 생각이 열린 젊은이들이 앞으로는 또 어떤 성수동의 문화를 창조해낼지 기대된다.

2호선의 주인공은 나야, 나!

새벽마다 마음속으로 불러보는 이름이 있습니다.

　*, *, *, 서정문, 김태식, 김정순, *, 이동석, 박희만, 전해숙, *, 김정자, 한미정, 이난, 곽영분, 배정숙, 박기수.

짐작한 대로 나와 함께 공부해서 등단한 순서입니다. 이런저런 사정으로 이번 동인지에 참여하지 못한 별표(*) 주인까지 거의 매일 한 사람 한 사람 이름을 불러보며 문운과 건강이 함께하길 기도합니다. 며칠 전에는 강희진 님과 추성애 님이 광진문인협회 신인상을 받았으니 나의 기도는 점점 길어질 거라고 생각합니다.

지난 5년을 되돌아보면 '열정'이란 단어가 가장 먼저 떠오릅니다. 선생이나 수강생이나 한마음이 되어 문학 외에 다른 건 생각할 겨를이 없었습니다. 청춘도 아닌 이 나이에 무엇인가에 빠질 수 있다는 행복과 문학 하길 참 잘했다는 생각으로 '참좋은문학회'를 만들었습니다.

서정문 회장, 김태식 부회장, 전해숙 총무의 덕으로 우리는 3개월에 한 번씩 만나면서 문우의 정을 도탑게 쌓고 있습니다. 모임 만든 지 2주년 기념으로 내는 우리의 첫 동인지, 『2호선을 타다』는 저의 수필집 『지하철 거꾸로 타다』(2017)처럼 전철역에 대한 추억을 싣고 달립니다. 저는 6호선 38개역에 대해 쓰는 데 10년이나 걸렸지만, 2호선 43개역은 1년 만에 완성되었습니다. 힘을 합친다는 게 얼마나 대단한지를 보여줍니다.

2호선의 시발역은 시청역입니다만, 우리는 우리의 인연이 시작된 건대입구역에 서부터 출발했습니다. 다행히 2호선은 순환선이라 어느 역이든 2호선의 주인공 이 됩니다. 오늘은 우리가 수필을 쓰지만, 먼 훗날엔 우리의 수필이 대한민국 서 울의 역사를 이야기 해주리라 믿습니다. 그 역사의 주인공에게 고마운 마음을 전하며, 별표(*) 주인들에게 지면을 통해서라도 자주 만났으면 하는 우리의 마음 을 전합니다.

마음이 여려 교정과 편집의 부탁을 뿌리치지 못하고 힘껏 도와준 이지은 님께도 감사드리며, 출판사의 대표님과 편집실 여러분께도 꾸벅 인사 드립니다.

2018년 추석을 앞둔 가을
광진문화예술회관 수필창작반, 작가반 강사 **서금복** 드림

참좋은문학회 첫 번째 작품집

2호선을 타다

| 글 서금복 서청문 외

2호선 지하철로 바라보는 삶 이야기

서금복
서정문
김태식
김정순
이동석
박희만
전해숙
김정자
한미정
이 난
곽영분
배정숙
박기수

참좋은문학회 첫 번째 작품집

2호선을 타다

| 글 서금복 서정문 외

2호선 지하철로 바라보는 삶 이야기